ISBN 978-90-8660-179-0

© 2012 Uitgeverij Ellessy
Postbus 30227
6803 AE Arnhem
www.ellessy.nl

Omslag & Binnenwerk: Erik de Bruin, Christine Bruggink, www.varwigdesign.com

Drukwerk: Grafistar, Lichtenvoorde

Geertrude Verweij

Familie-
geheimen

SPANNENDE LIEFDESROMAN

HOOFDSTUK 1

Peinzend bekeek Antoinette Nieuwkoop de braadpan die ze in haar handen had. Ja, dit was een heel goede. Dat mocht dan ook wel voor die prijs. Haar blik gleed over de stapel pannen en ander kookgerei die op de toonbank op haar stond te wachten. Hiermee zou haar laatste spaargeld opgaan, maar het was een investering die nodig was.

'Je neemt zeker je eigen spullen mee?' had mevrouw Richardsen gevraagd. En zij had eerst nog heel dom herhaald: 'Spullen?'

'Ja, pannen, messen, schalen, dat soort dingen. Er is een goed fornuis en twee ovens, en voor servies en tafellinnen wordt ook gezorgd, maar ik denk dat jij als professional zelf het beste weet wat voor pannen en gereedschap er nodig zijn. Er is wel een basisset in de keuken, maar de rest moet je zelf maar meenemen.'

Toen kon ze natuurlijk niet zeggen dat ze helemaal nog geen 'spullen' bezat. Dat zou niet professioneel overgekomen zijn. En mevrouw Richardsen hoefde ook niet te weten dat ze Antoinettes allereerste klant was. Dat was niet van belang. Het enige dat telde was dat Emily Richardsen een kok zocht, die tijdens de kerstdagen alle gasten in haar Franse landhuis van goed eten kon voorzien. En die had ze gevonden.

Mevrouw Richardsen had het huis, dat al tientallen jaren in de familie was, deze zomer helemaal laten opknappen. De tachtig-jarige dame had het plan opgevat een ouderwets familiekerst-feest te vieren in het enorme Franse landhuis. Ze had kinderen en kleinkinderen gesommeerd te komen en geen van hen had de uitnodiging afgeslagen. Antoinette vroeg zich af of dat werkelijk te maken had met een hechte familieband of dat ze domweg niet durfden te weigeren.

Emily Richardsen was het prototype van het ouderwetse familiehoofd. Haar overleden man had haar bepaald niet onbemiddeld achtergelaten en een deel van de aandelen van het familiebedrijf, waarover inmiddels haar zoon en een kleinzoon de leiding hadden, was nog steeds in haar handen.

'Dat geeft me het gevoel dat ik nog steeds een vinger in de pap heb. Mijn man leefde voor dat bedrijf, ik ben het aan hem verplicht een oogje in het zeil te houden. Die jeugd van tegenwoordig weet niet meer hoe een bedrijf geleid moet worden.'

Dat de jeugdige zoon inmiddels toch ook bijna de respectabele leeftijd van zestig jaar bereikt had, maakte blijkbaar geen verschil, had Antoinette geamuseerd geconstateerd.

Ze had de oude dame verzekerd dat ze een dergelijke opdracht wel aandurfde.

'Geen liflafjes. Ik wil degelijke, goede diners. Kalkoen met Kerst, oliebollen met Oud en Nieuw, cake en sandwiches bij de thee. Niet van dat moderne gedoe met pasta en couscous. Bah.'

Antoinette had de uitdaging aangenomen. Ze vond de ouderwets feodale houding van mevrouw Richardsen niet echt storend en ze had zich daar moeiteloos bij aangepast.

Het was de bedoeling dat Antoinette zorg droeg voor alle maaltijden, inclusief het serveren daarvan en het dekken en afruimen van de tafels. Er was een huishoudster die verantwoordelijk was voor de rest van het huishoudelijk werk en af en toe kon bijspringen tijdens de maaltijden. Het zou een periode van keihard werken worden, maar de beloning was zo royaal dat Antoinette daarmee een goede start kon maken met haar cateringbedrijfje.

Ze zou deze aankopen ruimschoots terugverdienen, wist ze en ze legde nog een laatste ovenschaal bij de rest van het kookgerei. Ze rekende gelaten het fikse bedrag af en nam dankbaar het aanbod van de verkoper aan om haar te helpen de stapel spullen naar haar auto te brengen.

De behulpzame oudere man legde zorgvuldig alles achter in haar kleine auto en knikte toen hij de letters op de zijkant zag: 'Een cateringbedrijf. Ik dacht al zoiets. Net begonnen?'

Antoinette knikte.

'Ik ben een tijd in de leer geweest in een restaurant, maar ik heb altijd graag voor mezelf willen werken. Een echt restaurant is nog te hoog gegrepen en bovendien is catering ook afwisselend en avontuurlijk. Je weet nooit waar je terechtkomt.'

Ze noemde de naam van de kok waarvoor ze gewerkt had en zag aan zijn gezicht dat die naam effect had.

'Mag ik je kaartje? Mijn dochter trouwt over een half jaar en we zoeken nog een cateraar.'

Antoinette had genoeg zakelijk instinct om altijd en overal kaartjes bij zich te hebben en met een bestudeerd nonchalant gebaar gaf ze hem er een.

'Alstublieft.'

De man stak het kaartje zorgvuldig in zijn portefeuille.

'Bedankt. Lopen de zaken goed?'

'Ik ga morgen voor een paar dagen naar Frankrijk. Koken voor de gasten van een mevrouw die daar een landhuis heeft. Het is mijn eerste opdracht, maar wel meteen een grote. En een leuke.'

'Nou, ik wens je veel succes. Je hoort misschien nog van me. Ik moet natuurlijk eerst overleggen, maar je weet nooit. Ik zal mijn best voor je doen.'

Ze stak hem spontaan de hand toe.

'Dank u wel.' Ze glimlachte. 'En alvast prettige feestdagen.'

Hij lachte. 'Jij ook. Fijne feestdagen, zonder aanbranden en voedselvergiftiging.'

'Ja, dat hoop ik wel.'

Die laatste opmerking vond ze niet zo fijn. Niet dat ze bijgelovig was, maar ze wilde niet denken aan wat er fout kon gaan. Het zou niet fout gaan. Ze kon goed koken, dat was niet alleen haar vak, maar ze had er ook een zeker talent voor. Het was geen hoogmoed om dat te denken, maar gewoon zelfvertrouwen. En als ze zich aan de normale regels hield, was voedselvergiftiging zo goed als uitgesloten.

Bij het uitzoeken van de gerechten die ze ging maken, had ze ook rekening gehouden met de ingrediënten de ze nodig had. Niet te veel exotische producten, want ze wist niet of ze die daar in de omgeving wel te pakken kon krijgen. Ze had het meer gezocht in een goed uitgebalanceerde combinatie van lokaal verkrijgbare producten met een sortering houdbare etenswaren die ze hier in Nederland al ingeslagen had. Haar autootje zou behoorlijk vol zitten als ze morgen vertrok voor de lange reis.

Het was tegen tien uur 's avonds toen ze bij het Franse landhuis aankwam. Tot haar opluchting brandde er licht in het huis. Ze wist dat de familie Richardsen pas de volgende dag aan zou komen, maar de huishoudster was er gelukkig al. Ze liet haar auto op de oprit staan en aarzelde even. Gewoon naar binnen lopen of aanbellen? Ze besloot het laatste en trok aan de knop naast de enorme eiken deur. Antoinette wachtte een minuut, maar er kwam niemand. Na twee keer bellen en minutenlang wachten besloot ze toch maar op onderzoek uit te gaan. De grote deur zat op slot, maar er zou vast wel ergens een zij- of achterdeur zijn. Ze sloot eerst haar auto goed af en liep daarna om het huis heen, waar ze een kleinere deur vond, die wel open ging. Ze kon vaag vormen onderscheiden en constateerde dat dit de keuken was, maar het was erg donker. Ze voelde naast de deurpost en vond een lichtknopje. Het licht ging aan en ze keek om zich heen.

Dit was inderdaad een keuken. En wat voor één! Het zag eruit als een plaatje uit een duur tijdschrift. De stijl van de oude Franse boerenkeuken was volledig behouden en uitgewerkt. Granieten aanrechten, een enorme eiken tafel en een grote rangecooker. Ze fronste. Daar hoefde ze toch niet op te koken? Het was vast wel te leren, maar ze had geen tijd om nieuwe dingen uit te proberen, als er morgen vijftien gasten aankwamen. Gelukkig stond er in de andere hoek een moderner fornuis. Ze liep erheen en knikte tevreden. Dat leek er meer op. Acht pitten en twee ovens. Daarmee zou het wel lukken.

Tegen de andere wand was een enorme openhaard die ook al helemaal gestileerd was. Er hingen worsten en knoflook aan grote haken en aan de andere kant hing zelfs een hele ham. Ze schudde haar hoofd. Als het even kon liet ze die lekker hangen. Liever niet hier, maar ze ging die dingen ook niet gebruiken. Zoiets stond geweldig en het was ook wel eetbaar, maar ze kon zich geen problemen met voedselvergiftiging veroorloven. Ze ging het er dus maar niet op wagen.

Op de grote tafel en op verschillende plekken van het aanrecht stonden manden met glanzend gewreven appels, een kist uien en een mandje met paprika's. Ook lagen er antieke keukenbenodigdheden en stonden er stapeltjes oud servies. Het zag er prachtig uit, maar ze hoopte dat degene die dit zo had neergezet wel besefte dat er gewerkt moest worden in deze keuken. Zo gauw ze aan de slag ging, zouden een aantal van die mooi gestileerde groepjes moeten verdwijnen. Ze had ruimte nodig. Trouwens, ze zou straks haar spullen binnen moeten brengen en die moesten ook nog ergens opgeborgen worden. Waarschijnlijk zou ze daarmee al die pracht en praal al verstoren. Maar dat was dan jammer.

Ze opende een deur achter in de keuken en vond een grote provisiekelder. Er stond een moderne koelkast en een ruime vriezer, maar veel voorraad was er niet. Er lag een brood en wat beleg, koffie en thee, maar meer niet. Genoeg ruimte voor de producten die ze zelf meegenomen had, dus. Dat scheelde.

De andere deur leidde naar een brede gang. Ze opende hem voorzichtig, maar hij piepte enorm. Achter in de gang zag ze de grote voordeur. Er waren vier deuren aan weerskanten en een grote trap in het midden. Ze stond net te overwegen om de eerste deur te openen, toen er iemand de trap af kwam.

'Is daar iemand?'

Antoinette verstijfde. Die stem...

Maar ze vermande zich en antwoordde kalm: 'Ja, hier. Ik ben via de keukendeur binnengekomen, want er reageerde niemand op de bel.'

De gestalte was nu de trap af en liep door de donkere gang haar richting uit. Hij reikte naar een plek op de muur achter haar en plotseling baadde de gang in een zee van licht.

Zijn gezicht was akelig dichtbij. Ze had niet gedacht hem ooit nog te zien en dan zeker niet onder deze omstandigheden. Hij was lang en omdat hij zo dichtbij stond, moest ze haar hoofd in haar nek leggen om hem aan te kijken.

Ze zag aan zijn gezicht dat hij haar ook herkende. Hij vloekte hartgrondig en deed een stap achteruit.

'Wat doe jij hier?'

'Ik ben de kok van de familie Richardsen.' Haar stem klonk rustiger dan ze zich voelde. 'En wat doe jij hier?'

'Kok? Jij? Je kon vroeger nog geen ei koken.'

'Ik heb bijgeleerd.'

'Dat hoop ik dan maar. Het lijkt mij geen gemakkelijke klus, koken voor zo'n grote groep mensen.'

'Daar ben ik aan gewend. Ik heb de afgelopen twee jaar in een restaurant gewerkt en daarvoor werkte ik in de keuken van het ziekenhuis.'

'Dat is heel wat anders dan het kantoorwerk dat je vroeger deed.'

'Dat klopt.'

Ze keek hem aan. Hij was ouder geworden, maar nog steeds dezelfde. Die ruige uitstraling en die intens grijze ogen. Ze had hem altijd erg aantrekkelijk gevonden. En tot haar ergernis vond ze dat nog steeds. Dat was ook het probleem niet geweest waarop hun huwelijk stuk was gelopen. Ze duwde de herinneringen die naar bovenkwamen weg en vervolgde kalm: 'Na onze scheiding heb ik me om laten scholen. Ik wilde iets anders.'

'Mevrouw Richardsen vertelde dat er een kok kwam die de kneepjes van het vak heeft geleerd van één van de bekendste koks van Nederland.' Het klonk alsof hij betwijfelde dat zij die kok kon zijn.

Haar stem klonk ijzig kalm, maar ze voelde de drift in zich opborrelen.

'Dat is waar.'

'Die man neemt niet de eerste de beste aan in zijn keuken.'

'Ik was ook niet de eerste. Maar wel één van de beste.'

Hij zweeg, maar lachte een beetje smalend.

Ze werd kwaad, maar beheerste zich en ging recht voor hem staan.

'Het kan mij helemaal niet schelen of je me gelooft of niet, Ronald van Wildhoven, maar waag het niet me zwart te maken bij mijn werkgevers en mijn referenties in twijfel te trekken. Vraag ze na als je twijfelt, maar bemoei je er verder niet mee. Ik vind trouwens niet dat je er iets mee te maken hebt.'

Hij grijnsde vals.

'Helaas voor jou heb ik er van alles mee te maken. Ik werk voor mevrouw Richardsen en word beschouwd als een goede vriend van de familie. Ik verblijf hier tijdens de feestdagen, dus als het eten slecht is, heb ik een probleem.'

Ze zuchtte. Dit kon een ellenlange woordenwisseling worden. Het leek wel of hij er plezier in had. Nou, dat plezier gunde ze hem niet. Ze besefte dat hij net zo geschrokken was van haar plotselinge verschijning als zij van hem. Al was zijn reactie dan niet bepaald volwassen te noemen. Ze besloot de wijste te zijn en stapte van het onderwerp af.

'Ik heb een lange rit achter de rug en moet mijn bagage nog binnenbrengen. Is de huishoudster er al? Misschien kan zij me even helpen en me mijn kamer wijzen.'

Ronald keek haar heel even verbaasd aan, maar antwoordde toen een stuk vriendelijker: 'De huishoudster is met een zware migraineaanval naar bed gegaan. Te hard gewerkt vandaag om alle kamers klaar te krijgen, ben ik bang. Je zult het met mij moeten doen.'

Ze knikte.

'Ook goed. Weet jij welke kamer van mij is?'

'Ja, zal ik je even helpen met je bagage? Je moet twee trappen op.'

'Dat ene koffertje kan ik zelf wel boven brengen, maar ik heb een auto vol eten en pannen. Als je daar even mee wilt helpen?'

Ronald leek zijn pogingen haar kwaad te maken op te geven. Bereidwillig liep hij met haar mee en samen brachten ze de dozen uit de auto naar de keuken.

'Laten we alles maar in de voorraadkamer zetten. Die is nog zo goed als leeg. En dan hoeven we de tentoonstelling nog niet te verstoren.'

Hij grinnikte.

'Kan het je goedkeuring niet wegdragen?'

Ze haalde haar schouders op.

'Het is mooi, maar niet bruikbaar. Alle werkruimte staat vol met rommel. Decoratief, maar onhygiënisch. Ik zal dat echt moeten veranderen. Maar dat komt morgen wel.'

'De stylist zal niet blij met je zijn. Die is vast uren bezig geweest met het oppoetsen van de appels en het uitstallen van al die antieke keukendingen.'

'Nou, tenzij ze nog een andere bruikbare keuken hebben hier, zal hij het moeten slikken. Ik kan niet koken in deze toonzaal.'

Ze schoof met een zucht de laatste doos op een plank en deed de deur dicht. Daarna pakte ze haar koffer.

'Waar moet ik zijn? Twee trappen op en dan?'

Hij trok de koffer uit haar hand.

'Geef hier dat ding, ik loop wel even met je mee.'

Hij keek haar oplettend aan: 'Volgens mij ben je doodop.'

Antoinette draaide zich om.

'Ik heb een dag gereden, dus dat is niet zo gek. Een nacht goed slapen en ik kan er weer tegenaan.'

Hij hield haar tegen bij de deur.

'Dat was niet als kritiek bedoeld.'

'Zo vatte ik het ook niet op.'

Ze weigerde toe te geven dat het haar wel degelijk deed denken aan de eindeloze ruzies die ze vroeger hadden. Hij had niet kunnen begrijpen dat ze af en toe totaal instortte. Dat had niets te maken met de uitspattingen tijdens zijn afwezigheid waar hij haar van verdacht. Ze was inmiddels wel heel wat handiger geworden in het verdelen van haar energie en de enorme aanvallen van vermoeidheid waren al jaren uitgebleven.

Antoinette trok haar arm los en liep de gang in en de trap op, zonder te kijken of hij haar volgde. Boven aan de tweede trap bleef ze staan. Hij haalde haar in en liep naar een deur achter in de gang.

'Deze kamer is van jou.'

Hij opende de deur en legde haar koffer op het bed.

'Mevrouw Dijksma, de huishoudster, slaapt hiernaast en mijn kamer is tegenover je. We delen de badkamer, dat is de vierde deur aan deze kant. Aan de andere kant van de trap zijn nog drie grote kamers met eigen badkamers. Op de eerste verdieping zijn zes grote slaapkamers en beneden de keuken, een grote eetkamer, de bibliotheek en een ruime zitkamer. Het is echt een enorm huis.'

'Groot genoeg om als hotel te dienen.'

'Dat is het heel vroeger ook geweest, maar mevrouw Richardsen wil het alleen als familiehuis gebruiken. Ze heeft de inkomsten van verhuur dan ook niet nodig.'

Hij draaide zich om en liep naar de deur.

'Goed, ik zal je alleen laten. Heb je alles? Ik ga de boel afsluiten, dus je kunt niet meer terug naar je auto zonder het alarm af te laten gaan.'

'Ik heb alles. Bedankt.'

Ze wachtte tot hij de deur sloot en draaide toen achter hem de sleutel om. Fronsend vroeg ze zich af waarom ze dat deed. Voelde ze zich niet veilig? Was ze bang voor Ronald? Of kwam het door de sfeer hier in huis? Ze haalde haar schouders op. Het deed er niet toe. Maar ze peinsde er niet over om dat slot weer open te draaien…

HOOFDSTUK 2

Hoewel Antoinette uitgeput was toen ze naar bed ging, werd ze de volgende ochtend vroeg wakker. Ze voelde zich uitgerust en had zin om aan het werk te gaan. Mevrouw Richardsen en de familie zouden na de middag arriveren, dus ze kon de ochtend gebruiken om inkopen te doen en de keuken anders in te delen. De badkamer was vrij. Zo te zien waren zowel Ronald als de huishoudster nog in diepe rust. Ze nam een snelle douche en kleedde zich aan. Hoewel ze voor haar bedrijf als dat nodig was de traditionele witte blouse en zwarte rok met daar overheen een wit schort zou dragen, gaf ze de voorkeur aan comfortabele broeken en eenvoudige truitjes. Ze had Emily Richardsen van tevoren gevraagd hoe die dacht over uniformen en ze waren overeen gekomen dat Antoinette alleen bij het kerstdiner officieel gekleed zou gaan. Daarom trok ze een donkerbruine denimbroek met een beige truitje aan. Daaroverheen knoopte ze een gezellig geel geruit schort. Ze liep vrolijk naar de keuken en besloot eerst maar eens koffie en thee te zetten. Tenzij Ronald erg veranderd was, zou hij niet op gang kunnen komen zonder. En ze lustte zelf ook graag een beker koffie 's morgens. In een van de keukenkastjes vond ze een groot koffiezetapparaat. Ze schoof een mand maïskolven aan de kant en constateerde vermaakt dat het niet eens echte maïs was. Ze zette het koffiezetapparaat op de plek van de maïs en ging op zoek naar koffiebekers. Er stonden er een paar, maar die waren gevuld met losse kruiden en stonden gegroepeerd rond een kan met veldbloemen.

Antoinette zuchtte. Dit was echt geen werken. Daar moest ze eerst maar eens iets aan gaan doen.

Systematisch begon ze alle keukenkastjes te openen en de inhoud te bekijken. Zoals ze al had verwacht waren de kastjes nagenoeg leeg. Alles, maar dan ook alles in de keuken was bedoeld om decoratief te zijn. En dat was in schril contrast met de keuken waarin zij gewend was te koken. Zowel haar keuken thuis, als die waar ze de afgelopen jaren gewerkt had, waren vooral functioneel en hygiënisch ingericht. Dat werkte toch het prettigst.

Ze besloot tot een compromis voor deze keuken.

De werkruimte was enorm groot, dus ze zou niet alles nodig hebben. Het werkblad tussen het fornuis en de gootsteen ruimde ze helemaal leeg. Een mooie houten snijplank, die rechtop stond tegen de muur, mocht blijven, al gaf ze zelf de voorkeur aan de gekleurde kunststoffen planken die ze meegebracht had. Maar die schoof ze erachter.

Daarna maakte ze een keuze uit de decoraties die ze zolang even aan de kant gezet had. De veldbloemen en de grote schaal met fruit zette ze op de tafel. Op het blad van de buffetkast aan de andere kant van de keuken zette ze de verzameling antieke en ietwat roestige voorraadblikken. Ze vond ze wel mooi, maar ze waren helaas onbruikbaar. Daarna verzamelde ze de prachtige koperen pannen, die verspreid door de keuken stonden. Die ging ze niet gebruiken, hoewel koper wel prettig kookte. Maar deze waren antiek en niet helemaal gaaf. Dat kon problemen opleveren.

Ze haalde de worsten en de ham van de haken rond de schouw en hing de pannen er aan op. De etenswaren hing ze in de koele voorraadkast. Dan waren ze misschien later nog bruikbaar. Alle namaaketenswaren en overbodige decoratiematerialen verzamelde ze bij elkaar in een grote krat, die ze achter in de voorraadkamer schoof.

Haar eigen pannen en schalen vonden een plaatsje op de planken naast het fornuis. Voor haar messen had ze een degelijk messenblok en de spatels en kloppers hing ze aan haken naast het fornuis waar ze strengen namaakklimop weggehaald had.

Tevreden keek Antoinette rond. Dit was beter. Werkbaar en toch nog redelijk decoratief. Eigenlijk was het een prachtige keuken.

De koffie was doorgelopen en het water dat ze opgezet had kookte. In de enorme aardewerken theepot zette ze thee en trok de gezellige theemuts erover heen. Voor de koffie had ze een degelijke roestvrijstalen thermoskan gevonden. Ze zette alles op de tafel, met koffiemokken, een suikerpot en melkkan erbij. Tijdens het opruimen had ze de oven aangezet en er een paar afbakbroodjes in gelegd. Die waren nu ook klaar. Ze stapelde ze in een mandje en zette dat ook op de keukentafel. Ze zette er net wat boter, jam en kaas naast, toen de keukendeur openging en een vrouw binnenkwam. De vrouw was bijna een kop groter dan Antoinette, maar dat was niet zo vreemd, aangezien Antoinette nogal klein van stuk was. Maar ze was ook minstens twee keer zo breed. En net zo vriendelijk als ze groot was.

Mevrouw Dijksma sloeg haar mollige handen tegen elkaar en zei vergenoegd: 'Kind, wat een verrassing. Denk ik een droge cracker te gaan eten in die vreselijke keuken en dan kom ik ineens helemaal thuis. Heb je dat allemaal vanochtend al gedaan?'

'Ja, ik moest toch eerst zorgen dat de ruimte werkbaar was. Vanmiddag moet ik al zorgen voor een uitgebreide thee en dat ging werkelijk niet zo.'

'En ondertussen heb je ook nog een heerlijk ontbijtje voor ons neergezet. Wat een luxe.'

'Dat valt wel mee, hoor. Zijn er behalve u en Ronald nog meer mensen in huis?'

'Nee, nog niet. Heeft Ronald je gisteren opgevangen? Het speet me zo dat ik het niet kon doen, maar ik had echt vreselijke migraine. Het viel nog niet mee om alle kamers spic en span te krijgen. Het was wel schoongemaakt door iemand uit het dorp, maar ja. De Franse slag, hè?'

Antoinette lachte. De kennismaking met de huishoudster viel haar honderd procent mee. Het was alsof ze haar oma hoorde praten.

'Voelt u zich nu weer goed? Kan ik u misschien ergens mee helpen?'

'Welnee, kind. Het gaat weer prima. En jij hebt ook genoeg te doen. Ik vond het wel een oplossing trouwens, dat ze een kok hebben ingehuurd. Ik zou niet weten hoe ik ook de keuken er nog bij moest doen. Het huis is al zo bewerkelijk.'

Antoinette vroeg: 'Bent u hier in vaste dienst, of ook alleen voor de feestdagen?'

Mevrouw Dijksma schoof aan de tafel en lachte.

'Het klinkt allemaal wat vooroorlogs hè? Huishoudster, kokkin. Nee, dit is alleen maar voor deze tien dagen. En misschien straks in de zomer weer. Ik maak wel schoon bij mevrouw, maar dan gewoon in haar huis in Nederland, twee keer in de week. Dat is zat, ze heeft daar een moderne bungalow, die gemakkelijk schoon te houden is.'

'Ja, daar ben ik een keer of twee geweest om dingen met haar door te spreken,' knikte Antoinette. Ze ging aan tafel zitten.

'Wilt u koffie of thee?'

'Ik denk dat Ronald zo komt, ik hoorde hem in de badkamer daarnet. Zullen we even op hem wachten? Wel zo gezellig.'

Antoinette knikte. Ze vroeg zich af wat Ronald hier nu eigenlijk voor functie vervulde. Gisteren had hij haar niet geantwoord op die vraag. Maar ja, ze kon mevrouw Dijksma toch niet zomaar vragen wat hij hier deed voor de kost? Misschien was hij wel tuinman. Ze glimlachte. Als dat zo was, was zij niet de enige die drastisch van carrière veranderd was. Hij werkte in de IT toen ze getrouwd waren. Maar hij had gezegd dat hij een vriend van de familie was, dus dat was onzin. Waarschijnlijk was hij gewoon eerder aangekomen dan de rest of misschien had hij mevrouw Dijksma hierheen gebracht. Haar gedachten stokten toen Ronald binnenkwam.

'Ha koffie! Fijn. En vers brood. Welja, je verwent ons, An.'

Ze schonk een grote mok vol koffie en schoof die naar hem toe.

'Dat valt wel tegen, het zijn maar afbakbroodjes.'

Ze wendde zich tot mevrouw Dijksma. 'Koffie of thee?'

'Thee graag, ik heb niet zo'n ijzeren maag meer als jullie jongelui.'

Ze aten rustig hun ontbijt, maar om half negen stond mevrouw Dijksma vastbesloten op.

'Zo, ik ga aan het werk. Ik moet de badkamers nog nalopen en de gang stofzuigen voor ze komen.'

Antoinette stapelde de ontbijtbordjes op elkaar.

'Tien uur koffie?'

'Graag. We nemen het er maar even van, zolang er nog geen gasten zijn, nietwaar?'

Ronald schonk nog een derde keer koffie in.

'Voor koffie is er altijd tijd.'

Antoinette stond op en begon de tafel af te ruimen.

'Voor jou misschien. Wij moeten aan het werk.'

Hij grijnsde.

'Ga je niet nog een keer vragen wat ik hier eigenlijk doe?'

Ze haalde haar schouders op.

'Dat interesseert me geen biet, zolang je mij maar niet voor de voeten loopt.'

Hij liep naar haar toe en streelde haar wang.

'Dat meen je niet. Vind je het niet een klein beetje leuk dat ik hier ook ben? Speling van het lot. Voorbestemd. Ik ben in ieder geval erg blij je te zien.'

Ze deed een stap achteruit en grinnikte.

'Ik meende gisteren toch iets anders te horen dan 'oh, wat leuk je te zien'. En trouwens, als je me zo graag terug wilde zien, had je gewoon langs kunnen komen. Je weet waar ik woon.'

Hij trok zijn wenkbrauwen op.

'Woon je nog steeds in het huis van je oma?'

'Ja, waarom niet? Ik ben dol op dat huis, ook al is het oud en klein. Ik heb er heel wat aan opgeknapt de afgelopen jaren.'

Ze zag aan zijn gezicht dat hij nog wist dat het destijds slecht onderhouden was, dringend gemoderniseerd moest worden en lekte als een mandje.

'Ik wist dat je er na onze scheiding ingetrokken was, maar ik had aangenomen dat het uit noodzaak was. Je had een plek nodig om te wonen en toevallig had je dat krot net van je oma geërfd. Maar ik had niet verwacht dat je er na vijf jaar nog zou wonen.'

Antoinette haalde haar schouders op.

'Jij hoeft er niet te wonen, dus waar maak je je druk om? Ga nou maar doen wat je hier ook te doen hebt, want ik heb het druk.'

'Wat moet je dan allemaal doen? Er is nog niemand.'

'Eerst ga ik de ontbijtboel afruimen, dan snel de ruimtes waar gegeten en gedronken zal worden verkennen, uitzoeken wat voor servies en tafellinnen er is en waar ik dat kan vinden. Ik moet taart bakken en koekjes voor de thee en na de koffie ga ik nog wat inkopen doen voor de komende paar dagen.'

'Zal ik je naar het dorp brengen? Ik weet de winkels te vinden, zeg maar wat je nodig hebt.'

Ze schudde haar hoofd en dook met de borden in haar handen onder zijn armen door.

'Niet nodig. Ik ga eerst naar de bakker om het brood uit te zoeken dat iedere ochtend gebracht moet worden. Hij weet dat ik kom, maar ik wil eerst zien wat ik bestel, om spraakverwarring te voorkomen. Dan is er een middagmarkt in het dorp verderop, daar kan ik verse kruiden en wat kasgroenten halen en bij de poelier in datzelfde dorp zouden ze twee fazanten en een grote kalkoen apart houden. Bij de slager heb ik vlees besteld en dat kan ik ook straks ophalen.'

Ronald keek haar verbaasd aan.

'Hoe heb je dat zo snel uitgezocht en geregeld?'

Ze grinnikte.

'Internet en telefoon. Lang leve de moderne techniek.'

Vlug waste ze de ontbijtboel af. Ze pakte een droogdoek en

ruimde de droge borden en bekers op. Het irriteerde haar dat Ronald toe bleef kijken zonder een hand uit te steken. Van haar hoefde hij niet te helpen, maar zijn aanwezigheid werkte haar op de zenuwen. Toch liet ze dat niet merken. Ze hing rustig de theedoek uit en zei: 'Zo, klaar. Ik ga op zoek naar de eetkamer.'

Antoinette liep de keuken uit en opende de eerste deur in de gang. Ja, het lag ook voor de hand dat de eetkamer dicht bij de keuken zou zijn. Ze zag een grote eetkamer, met een enorme ovale tafel erin. Snel telde ze de stoelen die er omheen stonden. Zestien. Dat zou genoeg moeten zijn. Langs de wanden stonden antieke kasten met porselein erin. Ze opende een van de kasten en floot. 'Niet voor dagelijks gebruik,' constateerde ze, maar ze vroeg zich af of ze dit wel mocht gebruiken voor het kerstdiner. Het was namelijk wel erg mooi. Het kon natuurlijk ook zo zijn dat dit er alleen voor de sier stond.

In een andere kast vond ze wat minder kwetsbaar en ook minder duur porselein. En achter de dichte deuren lagen stapels witte tafelkleden. Ze vouwde er een open en legde die over de tafel.

'Mooi, dat past.'

'Daar zou ik nou nooit aan gedacht hebben.'

Ze keek op en zag Ronald in de deur opening staan.

'Waaraan?'

'Kijken of de tafelkleden wel op de tafels passen. Als ik al gedacht zou hebben aan tafelkleden, want ik eet nooit aan tafel.'

Antoinette zuchtte geërgerd. Bleef hij vandaag achter haar aan lopen? Ze kon geen hoogte van hem krijgen. Hij was vriendelijk, maar afstandelijk. Toch was er een spanning tussen hen, waaraan ze kon merken dat niet alleen zij, maar ook hij in de knoop zat met hun gezamenlijke verleden en het niet zo mooie eind daarvan.

Ze haalde zwijgend haar schouders op en ging verder met het inspecteren van de kasten.

In de laden lag een grote collectie bestek. Antoinette pakte een mes en hoefde niet eens te zoeken naar het merkje. Aan het gewicht voelde ze het al.

'Echt zilver. Toe maar.'

'Ja, daar ligt voor kapitalen. Vandaar het alarm. Al zijn ze dan natuurlijk nog niet beschermd tegen diefstal van binnenuit.'

Dat klonk insinuerend, maar ze ging er niet op in.

Ze liep door de tussendeur de bibliotheek binnen. Dat was een gezellige ruimte. Grote leren banken rond een open haard, de wanden vol boekenkasten. Hier was weinig ruimte om te eten, maar ze kon zich voorstellen dat men hier toch met een stuk of tien mensen nog gezellig kon zitten praten. Ze nam de ruimte in zich op. Hapjes zou ze eventueel kunnen serveren op de salontafel. Kleine borden en geen dingen waar vetvlekken van kwamen, dat zou zonde zijn met al die boeken. Ze bekeek even vluchtig de titels. Leren banden en klassieke boeken. De meeste boeken hier waren niet bedoeld om lekker opgekruld op de bank te lezen. Het was een verzameling, een investering. Alle ruimtes die ze tot nu toe gezien had in dit huis, inclusief haar eigen kamer, waren hetzelfde. Heel mooi en sfeervol, maar veel te overdadig gedecoreerd naar haar zin. Het was meer een museum dan een huis.

Ze keek niet om, maar wist dat Ronald haar ook hier gevolgd was. Ze besloot hem maar gewoon te negeren en liep door de andere deur de kamer uit. De grote zitkamer had een dubbele deur en was immens. Aan twee kanten waren grote openhaarden, waar grote comfortabele banken omheen geschoven waren. In het midden stond nog een aantal gemakkelijke stoelen, gegroepeerd rond een grote televisie. Drie zithoeken in één kamer en nog was er volop ruimte om rond te lopen. Ze dacht even aan haar eigen kamer thuis, waar net een driezitsbankje in paste. Ach, van haar hoefde het ook niet allemaal zo groots.

Ze liet haar blik rond gaan. Ook hier stonden massa's antiek en er hingen verschillende dure schilderijen in overdadig bewerkte lijsten aan de muur. Ronald stond alweer in de deuropening. Ze voelde meer dan ze zag dat hij al haar bewegingen volgde. Zou hij werkelijk denken dat ze rond keek omdat ze dingen wilde stelen? Dat deed pijn. Wist hij ~~wist~~ nu nog niet beter?

Antoinette probeerde hem te negeren en zich te concentreren op de ruimte. Ze kon het beste het dressoir gebruiken voor de thee. Ze liet haar vinger over het blad gaan. Ja, marmer. Dat kon wel tegen een stootje. En het was groot genoeg voor een paar potten thee en een paar schotels met koekjes, hapjes en sandwiches.

Blijkbaar was dat ook de bedoeling, want in het dressoir vond ze een aantal verschillende theeserviezen, koffiekopjes, gebaksschotels en andere schalen. Meer dan genoeg voor een uitgebreide theetafel.

Het diner van vanavond zou in de eetkamer plaatsvinden, daarvoor moest ze bedienen. Het zou haar wel lukken. Het moest gewoon lukken. Dit was de ultieme test. Als ze dit niet kon, had ze weinig kans dat haar droom zou slagen.

Snel liep Antoinette terug naar de keuken. Ze pakte het notitieboek waarin ze haar recepten en menu's had uitgewerkt, zocht de ingrediënten voor de appeltaart en de koekjes bij elkaar en begon met de voorbereidingen. Ze hoorde de keukendeur, draaide zich om en schrok toen ze merkte dat Ronald pal achter haar stond.

'Dat ziet er allemaal erg efficiënt en overzichtelijk uit.'

'Dat is het ook. Ga eens aan de kant, je staat in de weg. Waarom ga je niet even iets nuttigs doen tot ik koffie heb?'

'Ik hoef niets nuttigs te doen. Ik ben hier als gast van mevrouw Richardsen. Ik werk voor haar, als zaakwaarnemer en secretaris, maar ze beschouwt me ook als deel van de familie. Ik ben eerder gekomen om de boel te controleren en omdat ze het geen prettig idee vond dat mevrouw Dijksma hier helemaal alleen zou zijn. Het is toch vrij eenzaam en afgelegen.'

Antoinette vond het maar een raar verhaal. Ze had het vermoeden dat het ook maar de halve waarheid was. Als Ronald iets deed, dan deed hij het goed. Het kon best dat hij een carrièreswitch gemaakt had. Tenslotte had hij rechten en economie gestudeerd en was de IT meer iets dat hem in de schoot geworpen was. Maar ze kon zich niet voorstellen dat hij een dergelijk baantje had. Secretaresse spelen voor een oude dame. Er zou wel meer achter zitten. Ondertussen was ze hard aan het werk. Ze kneedde het deeg voor de appeltaart en sneed appels in kleine schijfjes. Ze merkte wel dat Ronald gefascineerd toekeek. Zo kende hij haar niet. Tijdens hun korte huwelijk had ze nooit gekookt. Ze had een drukke baan gehad als managementassistente bij een groot bedrijf. En hij had een succesvolle carrière bij een groot automatiseringsbedrijf. Koken was niet aan de orde, ze aten in restaurants of lieten eten brengen. In de smetteloze keuken van hun appartement deden ze nooit meer dan koffiezetten of een fles wijn open maken. Niet dat ze dat niet wilden of konden, maar het kwam er gewoon niet van. Het paste simpelweg niet in hun leven. Ze wist dat ze ook uiterlijk veranderd was. Haar hele kledingstijl was eenvoudiger en ze had het opgegeven haar haar met de stijltang te bewerken en te kleuren. Het krulde nu uitbundig om haar gezicht in de rode kleur die het van nature had.

Ineens draaide Ronald zich abrupt om en liep naar buiten.

Antoinette vroeg zich af wat er in hem om ging, maar had het te druk om er lang over na te denken.

Ze was gewend om meerdere dingen tegelijk te doen, maar dit was haar vuurdoop. Het moest goed gaan. Toch was ze niet erg zenuwachtig. Ze wist dat ze het kon.

Om tien uur stond de appeltaart te geuren in de oven, lagen de eerste koekjes af te koelen op het rooster, stond er een tweede plaat koekjes in de andere oven en had ze een kan geurende koffie gezet. Ronald kwam binnen lopen toen ze mevrouw Dijksma een kop koffie inschonk.

'Ah, lekker, schenk voor mij ook maar in.'

Antoinette deed wat hij vroeg, legde een paar koekjes op een schoteltje en bood mevrouw Dijksma en Ronald er een aan.

Ronald nam een hap en keek haar verrast aan.

'Erg lekker. Aparte combinatie.'

Mevrouw Dijksma knikte.

'Dat heb je heel goed gedaan, kind. Erg smakelijk. Eigen recept?'

Antoinette lachte.

'Ja. Tenminste, een standaard koekjesrecept met een eigen twist.'

'En die appeltaart ruikt ook geweldig. Wat ga je nog meer maken?'

'Sandwiches, maar daarvoor moet ik eerst inkopen doen. Zodra de taart en de koekjes uit de oven komen, ga ik. Is het goed als ik pas om één uur de lunch klaar heb?'

Mevrouw Dijksma lachte.

'Ik ben nog nooit zo verwend. Je hoeft voor mij geen speciale dingen klaar te maken, kind. Een boterhammetje met kaas is genoeg, hoor.'

'Welnee, ik moet toch salades maken voor die sandwiches, dan kan ik voor ons toch ook iets lekkers regelen? Vanavond moeten we maar even kijken hoe of wat. Ronald, jij eet zeker mee met de familie?'

'Ja, hoe weet je dat?'

'Lijkt me logisch. Je zei dat je als lid van de familie beschouwd werd.'

Ze had geen zin om verder met hem te praten en stond op om het aanrecht op te ruimen. Ze hoefde niet om te kijken om te weten dat Ronald alweer naar haar zat te staren. En blijkbaar viel het ook mevrouw Dijksma op, want die zei gemoedelijk: 'Aardig meisje, hè jongen?'

Hij lachte.

'Ja. Valt het op?'

'Kende je haar al?'

Ronald knikte.

'U bent erg slim. Ja, we zijn getrouwd geweest.'

'Echt waar? Maar...'

'We waren te jong en te egoïstisch. We groeiden uit elkaar en het liep fout. Maar nu zijn we allebei ouder en wijzer, dus wie weet wat er nog van komt.'

Antoinette was woedend. Hij bagatelliseerde alles wat er gebeurd was. Niet dat ze het nodig vond dat hij mevrouw Dijksma tot in detail ging vertellen wat er allemaal mis gegaan was, maar waarom die laatste toevoeging? Zag hij het werkelijk zo? Dacht hij werkelijk dat hij gewoon de draad weer op kon pakken?

Ze deed alsof ze de koekjes controleerde en waste de beslagkom af, maar ondertussen bleven haar gedachten in een kringetje ronddraaien. Ze zuchtte. Dit was niet goed. Zo hield ze het deze tien dagen niet vol. Ze had het veel te druk om zich op te winden over haar ex.

Ze wachtte tot mevrouw Dijksma de keuken verlaten had. Zoals ze verwacht had, bleef Ronald weer rondhangen. Ze haalde diep adem en liep naar hem toe.

'Ik hoorde wat je tegen mevrouw Dijksma zei.'

Hij trok zijn wenkbrauwen op.

'En?'

'Ik vind... ik wil...'

Ze haperde. Boos bedacht ze dat hij nog steeds hetzelfde effect op haar had. Als hij haar zo uit de hoogte aankeek, raakte ze in de war. Ze kon gewoon niet tegen hem op. Maar het was vijf jaar later en ze had een hoop bijgeleerd. Ze hervond haar kalme houding en zei: 'Ik wil dat je me met rust laat. Ik begrijp niet waar je het idee vandaan haalt dat jij en ik de draad weer kunnen oppakken. Je doet alsof er niets gebeurd is.'

'We waren jong en...'

'Onzin. Als dat het enige probleem was, dan was er nog genoeg te redden geweest. Jij vertrouwde me niet. Jij beschuldigde me van overspel. En toen ik mijn ontslag kreeg omdat ik verdacht werd van diefstal, kon je niet eens volledig achter me staan. Je dacht dat ik het gedaan had en geloofde me niet toen ik de waarheid vertelde. Dat is geen basis voor een relatie.'

'Je had een probleem. Als kind...'

'Ik was een losgeslagen puber, ja. Ik heb heel erg domme fouten gemaakt. Maar daarmee had ik afgerekend. Ik heb daarna nooit meer zoiets gedaan.'

'Alles wees erop. En ik beschuldigde je niet, ik wilde je helpen.'

'Dat was dan een rare manier om je hulp aan te bieden. Ik wil er verder niet over praten. Laat me met rust. Trek mijn gegevens na als je me nog niet vertrouwt, houd me in de gaten. Dat hoort blijkbaar bij je werk en ik vind het best. Maar probeer er niet meer van te maken. Wat wij samen hadden is voorbij.'

Ze bedacht dat hij daarnet de kern van hun problemen geraakt had. Hij was niet met haar getrouwd omdat hij van haar hield. Hij had medelijden gehad met het aan lager wal geraakte vriendinnetje van zijn zusje. Toegegeven, ze had het met beide handen aangegrepen. Ze was eenzaam geweest. Haar oma was dementerend en meer familie had ze niet. Ze had een goede baan, maar geen sociaal leven. Ronald was ouder, rustig en beschermend. Hij wist van haar verleden, de dood van haar moeder, de verdwijning van haar vader, haar oma die te ziek was om voor haar te zorgen. Hij wist ook van de verkeerde vrienden en de keer dat ze opgepakt was voor vandalisme en winkeldiefstal. Maar ze hadden er nooit echt over gepraat. Hij wist niet hoe het precies gegaan was, wat er precies gebeurd was. En dat was waarschijnlijk de reden waarom hij haar niet vertrouwd had, zodra er dingen scheef gingen lopen in hun huwelijk.

Ze keek Ronald aan en zag dat hij gekwetst was door haar reactie. Zijn grijze ogen waren donker van woede. Nou ja, als de boodschap maar over gekomen was.

Iets milder vervolgde ze: 'Deze opdracht is belangrijk voor me. Ik wil het niet verknallen.'

'Je bent duidelijk. Ik zal je niet meer lastig vallen.'

Hij stond op en liep de keuken uit. Ze keek hem na. Nu sloeg de twijfel toe. Had ze er wel goed aan gedaan? Ze herinnerde zichzelf er aan dat ze geen van beiden de afgelopen vijf jaar geprobeerd hadden contact te zoeken. Dat het toeval hen hier samengebracht had, betekende nog niet dat ze zich verplicht moest voelen zich in hun relatie te verdiepen.

Ze ruimde de koffiekopjes op en ging verder met haar werk. Ze had nog meer dan genoeg te doen vandaag. Al snel lukte het haar het gepieker van zich af te zetten en zich te concentreren op haar taken.

HOOFDSTUK 3

Toen om drie uur de familie aangekomen was, stond er op het dressoir in de huiskamer een uitgebreide thee klaar. Mevrouw Richardsen zat in de grote armstoel midden in de kamer als een koningin op haar troon. Ze genoot, dat was duidelijk te zien. Antoinette werd door haar aan iedereen voorgesteld en ze deed haar best alle namen, gezichten en familierelaties te onthouden. Emily had een dochter, Martine, die getrouwd was met Simon, en een zoon Frederik, die getrouwd was met Renate. Ook de kleinkinderen waren aanwezig. Martines zoon, Jeroen en zijn vrouw Charlotte hadden een schattig peuterdochtertje, dat Roos heette. Ook Frederiks dochter Lisanne en haar man Tom hadden Emily voorzien van achterkleinkinderen. De twee jongetjes deden zich nu braaf op hun knieën bij de salontafel tegoed aan de slagroomtaart en chocolademelk, maar Antoinette vermoedde dat de zesjarige Kevin en de vierjarige Lucas in staat waren tot heel wat kattenkwaad. Een veel jongere zuster van Emily, Corinne, completeerde het gezelschap. Alleen Martines oudste zoon Vincent was er nog niet.

Antoinette liep heen en weer, zorgde dat er steeds verse, hete thee stond, verstrekte koffie aan degenen die daar de voorkeur aangaven, vulde koekjes en sandwiches aan en hield zich verder afzijdig. Heel even staarde ze peinzend naar Jeroen, die met zijn moeder stond te praten. Ze had vaag het gevoel dat ze hem kende. Zijn moeder ook trouwens. Maar ze kon er niet opkomen en ze had ook geen tijd om er lang bij stil te staan. Het zou vast niet belangrijk zijn.

Om vijf uur stond mevrouw Richardsen op. 'Ik ga wat rusten. Antoinette, je kunt de thee opruimen. Jullie kunnen allemaal je kamer opzoeken, of beneden blijven. De huiskamer en de bibliotheek staan voor jullie open. Aperitief om zeven uur, diner om acht uur.'

Het gezelschap verspreidde zich en Antoinette begon de vuile theekopjes te verzamelen. Ze wilde juist beginnen de overgebleven taart en sandwiches naar de keuken te brengen, toen de huiskamerdeuren openvlogen.

'Waar is iedereen?'

Een jonge man met verwaaide haren kwam binnen. Antoinette voelde de kou die hij meebracht. Blijkbaar had hij een flinke wandeling achter de rug.

Hij liep naar haar toe.

'Hallo, ik ben Vincent, jij moet Antoinette zijn. Waar is de familie gebleven?'

'Uw grootmoeder is gaan rusten, de anderen zijn naar hun kamers en in de bibliotheek. Wilt u misschien nog thee, voor ik de boel helemaal wegruim?'

'Zeg maar jij tegen u, hoor. Dat feodale gedoe van oma vind ik vreselijk. En ja, ik lust wel wat. Tenminste, heb je niets sterkers dan thee?'

Ze lachte.

'Koffie? Met cognac misschien?'

'Jij weet wat een man nodig heeft. Ik ben inderdaad wel toe aan een hartverwarmertje. Ben komen lopen van de bushalte. Goed te doen, maar koud.'

Antoinette schonk een kop hete koffie in en pakte een cognacglas uit de grote kast in de hoek van de kamer. In een hoek van het buffet stonden de sterke dranken. Ze schonk een flinke scheut cognac in het glas. Daarna vulde ze een bord met een selectie van het buffet en ging verder met opruimen.

'Kom je me niet even gezelschap houden? Ik zit hier maar heel alleen en kan best wat aanspraak van een mooi meisje gebruiken.'

Antoinette glimlachte.

'Sorry, ik moet hard aan de slag. Om zeven uur is er een aperitief met hapjes en om acht uur diner.'

'Ach, dan halen we toch gewoon chinees. Het moet voor jou ook vakantie zijn.'

Ze grinnikte, maar ging gewoon door met haar werk.

'Nou nee, dit is mijn werk.'

Met een vol dienblad liep ze naar de keuken, waar ze gauw de vaatwasser inruimde en verder ging met het voorbereiden van het eten.

Zoals altijd voelde ze zich helemaal tot rust komen tijdens het koken. Neuriënd maakte ze groenten schoon en belegde ze toastjes. Ze schrok op toen de keukendeur openging.

Vincent keek haar onschuldig aan.

'Ik wilde nog wel een kop koffie.'

'De thermoskan staat nog in de huiskamer.'

Hij lachte.

'Niet meer.'

Hij zette zijn kopje en de thermoskan op de keukentafel en ging er gezellig bij zitten.

'Stoor je niet aan mij. Ik kijk graag als vrouwen aan het koken zijn. Zeker als het zulke mooie vrouwen zijn als jij.'

Antoinette glimlachte. Ze mocht hem wel. Hij leek vrolijk en ongecompliceerd. Terwijl hij toch ongeveer net zo oud als Ronald moest zijn, had hij de nonchalante houding van een student en levensgenieter.

Vincent bleef meer dan een uur bij haar in de keuken zitten, pratend over zijn reis naar het landhuis, die, als je hem moest geloven, zeer avontuurlijk verlopen was en ondertussen flirtend. Antoinette reageerde er niet erg op. Ze had geen last van hem. Zijn geflirt deed haar niets, hij was gewoon een gezellige afleiding. Het werd pas vervelend toen Ronald binnenkwam.

'Hé, Ronald. Daar ben ik dan. Ik kwam koud en uitgehongerd binnen, maar ik word liefdevol opgevangen en vertroeteld door mevrouw de kokkin hier.'

Ronald kon er blijkbaar de humor niet van inzien.

'We zijn je al een uur aan het bellen. Het is vreselijk slecht weer en iedereen is ongerust.'

'Iedereen? Dat zal wel tegenvallen. Tja, sorry hoor. Mijn batterij is leeg en ik heb er niet aan gedacht me te melden. Ik was helemaal afgeleid door deze lieftallige dame. Ze laat me af en toe wat proeven, weet je.'

Antoinette bloosde. Niet zozeer vanwege zijn opmerkingen, want dat had ze dit uur al genoeg gehoord, maar omdat ze het vervelend vond dat Ronald erbij was. Waarom trok ze zich daar toch zoveel van aan? Het hielp ook al niet mee dat Ronald zo afkeurend keek.

Ineens werd ze opstandig. Hoewel Vincent keihard gelogen had over het proeven, kwam ze nu expres naar hem toe met een van de bladerdeeghapjes die ze net uit de oven gehaald had.

'Hier, wat vind je ervan?'

Ze boog zich naar hem over en voerde hem. Ze zag de verbazing en toen het begrip in Vincents ogen. Die was gelukkig bepaald niet dom.

'Heerlijk, heerlijk. Zie je, Ronald? Ik krijg hier een speciale behandeling en ik blijf nog even. Ik zal me braaf om zeven uur melden, oké?'

Ronald haalde zijn schouders op.

'Ik zal het doorgeven.'

De keukendeur ging nadrukkelijk behoedzaam dicht. Antoinette vermoedde dat hij ermee had willen gooien, maar zich op tijd bedacht. Ze grijnsde en draaide zich toen snel om naar haar pannen. Vincent grinnikte.

'Wat was dat? Spontane antipathie tussen jullie twee?'

Antoinette haalde haar schouders op.

'Meer een lastige voorgeschiedenis.'

'Ja, ja. Ik zal maar niet verder vragen.'

'Ach, het is niet zo speciaal. We zijn getrouwd geweest, vijf jaar geleden gescheiden en wisten niet dat we elkaar hier tegen zouden komen.'

'Oh, wat romantisch. Het lot heeft jullie weer bij elkaar gebracht.'
Ze snoof.

'Het lot moet zich er niet mee bemoeien. Ik heb geen tijd voor dat soort dingen.'

'Daar houdt het lot geen rekening mee. Of ben je alweer bezet?'

'Nee.'

'Na vijf jaar nog steeds vrijgezel? Dat kan haast niet. Zo'n leuke meid als jij...'

'Ik heb hard gewerkt. Het viel niet mee om helemaal overnieuw te beginnen. Ik was managementassistente, maar wilde iets leukers gaan doen.'

'En koken is leuk?'

'Ja. Erg leuk. Heel bevredigend ook, maar wel hard werken en doorzetten.'

Ze draaide de soep laag en begon de hapjes netjes op schalen te leggen.

Vincent schonk zichzelf nog een kop koffie in en vroeg nadenkend: 'Eigenlijk vreemd, hè? Zo'n familiebijeenkomst in een oud huis ergens in de rimboe.'

Antoinette knikte.

'Het doet me een beetje denken aan oude Engelse boeken zoals die van Agatha Christie. Daar zijn ook altijd hele families verzameld in een landhuis'

'Ja, en dan wordt er iemand vermoord en iedereen is verdacht. Dat zou wel spannend zijn, trouwens. Het zal verder wel immens saai worden hier.'

'Alsjeblieft zeg. Ik vind het hier helemaal niet saai. Trouwens, je weet niet hoe gelukkig je bent, met al je familieleden.'

'Bespeur ik daar enige jaloezie?'

'Mijn moeder stierf toen ik twaalf was, mijn vader heb ik nooit gekend, mijn oma overleed een jaar of vijf geleden en meer familie heb ik niet. Dan is het wel eens lastig te begrijpen dat andere mensen zo slordig omgaan met hun familiebanden.'

Hij zuchtte.

'Tja. Daar heb je wel gelijk in. Maar familiebanden kunnen ook knellend zijn. Ik heb het er niet zo op. Trouwens, denk je werkelijk dat iedereen hier is omdat ze zo graag de kerst met oma door willen brengen? Kom nou. Iedereen heeft zo zijn eigen redenen, maar dat ellendige geld speelt toch de grootste rol.'

Antoinette draaide zich om en keek hem aan.

'Dat snap ik niet. Jullie zijn allemaal volwassen en zo te zien succesvol. Dan heb je het geld van je oma toch niet nodig?'

'Ach, het is net zo'n verhaal waar jij het over had. Iedereen zou er baat bij hebben als oma overleed. Oom Frederik en Jeroen zouden dolgraag zien dat oma haar aandelen in het familiebedrijf opgaf. Ze heeft nog steeds de meerderheid en ze kunnen geen enkele beslissing nemen zonder haar. Tom en Lisanne hebben een veel te duur huis gekocht en mijn vader heeft te vaak pensioenbreuk gepleegd en te weinig gespaard om straks na zijn vijfenzestigste op dezelfde voet door te kunnen leven.'

'En jij?'

'Ik? Ach, ik ben immers het schoolvoorbeeld van de vrijbuiter, die het fortuin van zijn familie er doorjaagt.'

'Oh ja?'

'Dat zeggen ze.'

'Ik geloof er niets van.'

Hij stond op en zoende haar op haar wang.

'Je bent een schat, weet je dat?'

Natuurlijk ging op dat moment de deur open. Ronald kwam binnen.

'Vincent, je oma wil je zien.'

Vincent knikte.

'Als de koninginmoeder beveelt, moet ik gehoorzamen. Ik ga je verlaten, o schone vrouwe, maar wees gerust, ik kom deze week vast nog een keer voorproeven. Dat bevalt me wel.'

Hij boog overdreven en ze hoorden hem de trap oprennen. Ronald keek Antoinette misprijzend aan.

'Ik dacht dat jij niet wilde worden afgeleid?'

'Dat zei ik niet.'

'Nee, dat is duidelijk. Je wilt dat ik je met rust laat, maar je hebt tijd genoeg om met Vincent te flirten.'

'Dat is iets heel anders.'

'Blijkbaar.'

Ze zuchtte. Snapte hij het dan niet? Zo'n ongedwongen gesprekje met Vincent was iets heel anders dan het moeizaam aftasten van pijnlijke herinneringen en onuitgesproken problemen met Ronald. Ze begreep ook niet echt wat hij van haar wilde. Had hij vijf jaar lang naar haar verlangd en zag hij deze toevallige ontmoeting als een lotsbeschikking? Ze betwijfelde het, dat klonk niet als de Ronald die ze kende.

'Laat me met rust, Ronald.'

Hij greep haar arm en trok haar naar zich toe.

'Nee. Ik wil eerst weten of er echt helemaal niets meer is.'

Ze keek hem aan en haar ogen werden vochtig.

'Dat zei ik toch al. Het is over, voorbij, afgesloten.'

'Ik geloof je niet. Ik wil met je praten.'

Antoinette schudde haar hoofd.

'Ik heb geen tijd voor ernstige gesprekken. Ik moet me concentreren op mijn werk.'

'Buiten werktijd dan?'

Ze zuchtte.

'Ik begin 's ochtends om zeven uur en ben 's avonds om tien uur klaar. En dan ga ik naar bed.'

'Dat klinkt als slavenarbeid.'

'Dat klinkt als hard werken, waar ik zeer royaal voor betaald krijg. Als je vijf jaar lang op me gewacht hebt, moet je nog maar wat langer wachten. Je weet waar ik woon, kom me maar opzoeken als ik weer in Nederland ben.'

'Dat duurt me te lang. Wacht maar af, ik vind wel een gelegenheid.'

'Nee, Ronald. Ik wil dat je me gewoon met rust laat. Zeker zolang we hier zijn.'

'Zodat je ongestoord met Vincent kunt flirten?'

Ze zuchtte.

'Als je het zo wilt opvatten, ga je je gang maar. Met Vincent praten is gewoon ontspannend.'

'En met mij praten?'

'Frustrerend. Er is te veel misgegaan vroeger. Dat is niet in een paar zinnen uit te praten. En ik weet niet of ik het wel wil uitpraten. Dan moet ik alles wat ik in de afgelopen vijf jaar een beetje verwerkt heb weer oprakelen. Ik heb mijn leven met veel moeite weer onder controle gekregen, Ronald, en dat wil ik graag zo houden. Als je werkelijk nog iets om me geeft, dan gun je me de tijd. Dan ga je het me niet hier en nu extra lastig maken.'

Hij keek haar ernstig aan.

'Je hebt gelijk. Je bent wel veranderd, volwassen geworden. Goed dan. Ik zal je deze weken met rust laten. Misschien moet bij mij deze plotselinge ontmoeting ook nog even bezinken. Het was heel vreemd om je zo opeens in die gang te zien staan. De laatste keer dat ik je zag was je... heel anders. Boos, verdrietig, emotioneel kapot. En nu ben je zo sterk, kalm en zeker van je zelf. Mooier en aantrekkelijker dan ooit. Of mag ik dat ook niet zeggen?'

Ze glimlachte.

'Voor deze ene keer is het je vergeven.'

Hij boog zich naar haar toe en kuste haar zachtjes op haar mond. Daarna verliet hij zonder nog iets te zeggen de keuken.

Antoinette keek hem met gemengde gevoelens na. Hij maakte emoties los die ze lang geleden begraven had. Toch was ze vastbesloten om niet toe te geven. Ze had haar leven op orde en ze zou zelfs Ronald niet toestaan de boel weer overhoop te gooien.

Tot Antoinettes grote opluchting was iedereen, inclusief mevrouw Richardsen, zeer te spreken over het diner. Ze nam glimlachend de complimentjes in ontvangst en stond zingend in de keuken de pannen die niet in de vaatwasser mochten af te wassen. Hoewel ze geweten had dat ze er toe in staat was, gaf het haar een enorm goed gevoel dat haar eerste echt zelfstandig bereide diner een succes was. Natuurlijk was dit een vrij eenvoudig diner geweest, slechts drie gangen. Het kerstdiner, overmorgen, zou weer een grotere uitdaging zijn, maar daar voelde ze zich nu ook wel tegen opgewassen.

Ze schoof net de zware braadpan op de plank boven het aanrecht, toen Charlotte de keuken binnenkwam.

'Hoi, eh... Antoinette, toch?'

'Dat klopt.'

Antoinette wist niet zeker of ze deze jonge vrouw van haar eigen leeftijd nu moest begroeten met een keurig: 'Goedenavond mevrouw'. Dat klonk wel erg afstandelijk, maar ze vermoedde dat

Emily Richardsen het niet op prijs zou stellen als ze haar 'Hoi Charlotte' zou horen zeggen.

Daarom koos ze voor een ook ietwat onbeleefde tussenweg en beantwoordde ze de groet helemaal niet.

Ze pakte de gietijzeren koekenpan en begon die onder de hete kraan schoon te borstelen.

'Er is toch een vaatwasser?' Charlotte keek om zich heen alsof ze Antoinette wilde helpen zoeken.

'Ja, maar daar mag deze pan niet in. Een gietijzeren pan moet altijd ietwat vettig blijven, anders bakt hij aan.'

Ze droogde de pan af en wreef de nog warme binnenkant in met wat olie voor ze hem op de plank zette.

'Oh, dat wist ik niet. Ik doe altijd gewoon alles in de vaatwasser. Maar ik heb ook niet zulke pannen.'

'Pannen met een antiaanbaklaag mogen er vaak ook niet in. En je kunt ze ook beter niet afwassen met afwasmiddel, dan gaan ze plakken.'

'Tja, dat verklaart een hoop. Nou ja. Ik koop altijd de goedkoopste, dan is het niet zo erg als ze na een half jaar niet goed meer zijn.'

Antoinette lachte.

'Dat is ook een manier, maar wel een beetje zonde van het geld.'

Ze liet het water weglopen en maakte een nieuw sopje om het fornuis schoon te maken. Charlotte was op de keukentafel geklommen en keek nieuwsgierig toe.

'Ik vind het zo knap, wat jij doet. Ik kan wel een beetje koken, hoor. Ik moet wel. Maar ik geloof dat ik totaal in paniek zou raken als ik zo uitgebreid voor zoveel mensen moest koken.'

'Het is mijn werk. En ik vind het leuk. Ik was vroeger secretaresse, maar ik vind dit werk veel bevredigender.'

'Doe je dit vaker, zo bij een familie thuis koken?'

'Nee, dit is ook vrij uniek, volgens mij.'

'Tja, wij zijn ook een vrij unieke familie. Wat vind jij daar nou van? Is het niet vreemd dat in deze tijd zo'n grootmoederfiguur nog alle touwtjes in handen heeft? Ik kom zelf uit een heel normaal gezin. Mijn oma woont in het bejaardenhuis. Ze is nog best bij de pinken, maar het zou niet eens in haar opkomen om de hele familie te bevelen de feestdagen in een afgelegen landhuis door te brengen. Trouwens, ik denk niet dat er iemand naar haar zou luisteren.'

Antoinette had het gevoel dat Charlotte haar een negatieve uitspraak over Emily Richardsen wilde ontlokken en hield zich op de vlakte.

'Ik vind het wel wat hebben, zo'n familiekerstfeest.'

'Ja, maar niet met deze familie. Oh, ik kan er zo slecht tegen, weet je?'

Antoinette wist niets, maar ze begon te vermoeden dat Charlotte een aanloop zocht om haar overvolle gemoed te luchten. Ze vond het best, maar wilde geen partij kiezen. Dus bleef ze rustig bezig met haar schoonmaakwerk, terwijl ze de jonge vrouw liet praten.

'Ik hou nog steeds heel veel van Jeroen, dat is het niet. Maar die eeuwige familie. Alles draait erom. Iedere eerste zondag van de maand moeten we op audiëntie bij grootma. En waag het niet om een keer over te slaan. Dan komt ze de zondag erna zelf bij je op bezoek. Dat is helemaal een ramp, want ze ziet alles. Ze zegt niets, hoor. Ze kijkt alleen maar. Naar je ongelapte ramen, het speelgoed dat rondslingert of het stof op de televisie. Dan voel je je zo klein worden.'

Antoinette kon zich dat wel voorstellen, maar eerlijkheidshalve moest ze concluderen dat het probleem dan niet zozeer bij mevrouw Richardsen lag. Het leek er eerder op dat Charlotte kampte met onzekerheid en schuldgevoelens over de manier waarop ze thuis de boel bijhield. Maar ze hield haar mond en liet Charlotte verder praten.

'En weet je wat zo erg is? De hele familie zit gewoon te wachten tot ze dood gaat. Dan komt er een enorme berg geld vrij en hebben Jeroen en zijn vader eindelijk de vrijheid om wat moderniseringen door te voeren in het bedrijf. Bovendien bepaalt zij de hoogte van de salarissen en die zijn belachelijk laag, naar verhouding.'

Dat was de tweede al die zoiets beweerde. Antoinette vond het maar een rare bedoening. Ze hoopte dat het niet te duidelijk aan haar reacties te merken was. Kalm, maar met een beetje leedvermaak, zei ze: 'Mijn oma is tweeënnegentig geworden.'

'Nog twaalf jaar? Ik hoop het niet!'

Antoinette schudde haar hoofd, maar reageerde niet. Het ging er bij haar niet in dat deze mensen zo onverschillig tegenover de oude dame stonden. Zelf mocht ze haar wel. Emily was een beetje overheersend en excentriek maar absoluut niet onrechtvaardig of onvriendelijk.

Geërgerd pakte Antoinette de dweil.

Charlotte fronste: 'Moet je nu ook de vloer nog schoonmaken?'

Antoinette haalde haar schouders op.

'Dat hoort erbij. Hygiëne is nu eenmaal belangrijk in mijn vak.'

'Toch is het een hoop werk voor jou alleen. Je moet zowat dag en nacht werken.'

'Dat valt wel mee. Hierna ben ik klaar en morgen begin ik om zeven uur. Het is goed te doen en maar voor tien dagen.'

'Je krijgt hopelijk wel goed betaald?'

'Mevrouw Richardsen is heel royaal.'

'Dat kan ik me niet voorstellen. Als wij ergens om vragen is het altijd te veel.'

Antoinette hield met moeite de opmerking binnen dat het verschil was dat zij nergens om vroeg, behalve om een eerlijke beloning voor anderhalve week hard werken. Ze spoelde de dweil uit en gooide de emmer leeg.

'Zo, dat was het voor vandaag.'

Ze hoopte dat Charlotte de hint snapte en weg zou gaan. Maar die schoof met haar voet een stoel onder de keukentafel vandaan en ging daar op zitten, terwijl ze uitnodigend op de stoel ernaast klopte.

'Heb je hier niet ergens een fles bordeaux staan of zo? Het praat gezelliger met een glaasje wijn.'

'De wijn staat in de zitkamer. Op het buffet staan ook zoutjes en nootjes.'

'Dan gaan we daarheen.'

Antoinette glimlachte beleefd.

'Het spijt me. Ik denk niet dat dat de bedoeling is.'

'Ach kom, we leven in de eenentwintigste eeuw. Trouwens, dan zou Ronald zich ook afzijdig moeten houden en die doet net of hij een lid van de familie is. Heel irritant, Tom en Jeroen behandelen hem als een soort broer en met Vincent is hij ook goed bevriend, terwijl hij in feite gewoon de secretaris van oma is. Vind jij dat niet opdringerig?'

Antoinette vond dat je veel van Ronald kon zeggen, maar opdringerig was hij niet. Eerder afstandelijk. Zelfs toen hij aan het begin van de avond pleitte voor een kans tussen hen, was hij niet handtastelijk of emotioneel geworden. En zelfs die kus was weloverwogen en beheerst geweest.

Charlotte keek haar afwachtend aan.

'Ik mag hem niet. En jij?'

Antoinette haalde haar schouders op.

'Ik ken hem niet zo goed.'

'Nee? Nu jok je. Ben je toch niet zo braaf als je je voordoet, Antoinetje. Want een klein vogeltje heeft mij verteld dat jullie getrouwd zijn.'

'Geweest. Vijf jaar geleden gescheiden en geen contact meer gehad sindsdien. We zijn allebei veranderd en ik ken hem dus niet goed.'

Antoinette vroeg zich af wie dat verteld had. Vincent? Of Ronald zelf? Ach, wat maakte het uit.

'Oh, het is net een verhaal uit een boek. Kunnen we nog een romantische hereniging verwachten? Dat zou de boel hier wel wat minder saai maken.'

'Weinig kans. Er is helemaal niets meer tussen ons.'

'Dat zullen we nog wel eens zien. Ik ga Ronald eens peilen.'

Charlotte stond op.

'Net als vroeger op school. Ging ik ook altijd voor vriendinnetjes vragen of een jongen op hen was.'

Antoinette schudde haar hoofd.

'Doe geen moeite. Ik heb geen enkele interesse. En nu ga ik naar bed. Ga jij naar de kamer of doe je het licht uit als je hier weggaat?'

'Ik ga naar boven, denk ik. Even bij Roosje kijken. Ze slaapt altijd keurig door, maar het is natuurlijk wel een vreemd huis.'

Antoinette liet haar voorgaan en deed het licht in de keuken uit. Ze zuchtte. Hopelijk vergat Charlotte haar plannen om koppelaarster te gaan spelen. Alsof de familie zelf nog niet gecompliceerd genoeg was, zonder dat Ronald en zij voortdurend met elkaar en hun gevoelens in de clinch lagen...

HOOFDSTUK 4

Het was eigenlijk de bedoeling van mevrouw Richardsen geweest om de hele familie om half negen aan het ontbijt te verzamelen, maar Antoinette had haar dat met veel tact uit het hoofd gepraat.

'Dat werkt gewoon niet met zo'n grote groep. En trouwens, is het voor u niet ook prettiger om een kopje thee en een croissantje op bed te krijgen? Zulke dagen zijn druk zat.'

Emily had eerst geïrriteerd gereageerd.

'Denk je dat ik te oud ben om zoiets aan te kunnen? Als ik iedere maand een dag lang oersaaie directievergaderingen en aandeelhoudersbijeenkomsten kan doorstaan, moet ik het ontbijt met mijn familie ook kunnen overleven.'

Maar uiteindelijk was ze overstag gegaan. De afspraak was nu dat het ontbijt tussen acht uur en half tien in de eetkamer geserveerd werd. Dan was er om tien uur koffie met iets erbij in de huiskamer, en tussen half een en half twee een lunchbuffet in de eetkamer. Verplicht verzamelen werd het pas om vier uur, voor een uitgebreide thee, en daarna om zeven uur voor een drankje en om acht uur voor het diner. Hoewel het Antoinettes terrein niet was, had ze voorzichtig voorgesteld om de gasten wat vrijheid te geven.

'Laat ze wandelingen maken, de omgeving verkennen of gewoon lekker lezen en televisiekijken. Het is toch uw bedoeling dat het een fijne vakantie wordt? U hoeft echt niet iedere dag vol te plannen.'

Emily was het na even tegensputteren met haar eens geweest. Antoinette bracht dus deze eerste ochtend mevrouw Richardsen om half acht haar ontbijt op bed.

'Goedemorgen, mevrouw.'

'Goedemorgen, Antoinette. Zou je de gordijnen voor me willen openschuiven? Ik wil het beetje daglicht dat er deze periode is, niet buitensluiten.'

Antoinette deed wat haar gevraagd werd.

'Het is inderdaad heel donker. Het regent en het waait ook behoorlijk hard.'

'Geen prettig weer. Ik ben wel blij dat iedereen er is. Ik hou er niet van als mensen op de weg zitten in dit soort omstandigheden.'

Emily ging overeind zitten en bekeek waarderend de knapperige croissant. Toen keek ze geschrokken op.

'Oh, ik vergeet die arme Jacob. Die zit er middenin...'

'Jacob?'

'Ja, een kennis van Ronald. Binnenhuisarchitect en stylist. Hij heeft het huis ingericht en toen ik hem gisteren belde, vertelde hij dat hij helemaal alleen zat met de kerst. Hij is gescheiden en heeft ruzie met zijn familie. Erg triest, allemaal. Er is hier nog een kamer over, dus heb ik hem uitgenodigd. Dat is toch geen probleem voor jouw planning?'

'Nee, hoor, ik had al rekening gehouden met eventuele onverwachte extra gasten.'

Mevrouw Richardsen knikte waarderend. 'Verstandig van je. Hij is gisteravond weggegaan en zou onderweg overnachten. Ik verwacht hem tegen lunchtijd.'

'Ik zal op hem rekenen.'

Antoinette liep terug naar de keuken. Ze hoopte maar dat die Jacob zou begrijpen dat ze de aankleding van de keuken een beetje had moeten aanpassen.

Het was nog steeds een erg mooie ruimte. Iedere keer als ze er binnenkwam, voelde ze zich op een vreemde manier trots dat dit haar domein was. Voor deze tien dagen in ieder geval.

Toen ze met een vol dienblad de eetkamer inliep om daar het ontbijt klaar te zetten, vond ze daar Kevin en Lucas al, keurig aan tafel zittend.

'Dag heren. Jullie zijn een beetje vroeg.'

'Ja, maar wij hebben al zo'n honger.'

'Papa en mama schieten helemaal niet op.'

'Nou, als jullie nog heel eventjes geduld hebben, dan zal ik jullie een lekker ontbijtje geven, is dat goed?'

'Geen kaas. Ik lust geen kaas.'

'Ik ook niet.'

Antoinette lachte.

'Geen kaas. Wel heel erg lekkere broodjes met jam, oké?'

Ze legde snel het tafelkleed op de tafel en zette bordjes en bestek op het buffet.

Voor de beide jongetjes legde ze een croissantje op een bord en ze nam even de tijd om ze allebei te laten kiezen welke soort jam ze erop wilden hebben. Dat bleek een heel serieuze zaak. Het viel niet mee een keuze te maken uit zes soorten.

'En wat willen jullie drinken. Thee, melk, chocolademelk of sinaasappelsap?'

'Mama zegt dat ze in Frankrijk altijd suderans drinken. Heb jij dat ook?'

'Ja zeker. Zal ik je een geheimpje verklappen? Ik zeg altijd sinaasappelsap, want anders snappen heel veel mensen het niet. Maar het is echte jus d'orange, helemaal zelf geperst. Hier proef maar.'

'Dat is lekker!'

'Mooi zo.'

Ze bleef zoveel mogelijk in de eetkamer terwijl de jongetjes aten. Het was wel een beetje raar van hun ouders om er maar vanuit te gaan dat ze opgevangen werden, vond ze. Er stond veel te veel kwetsbaar antiek in huis om twee van die ondeugden zomaar zonder toezicht hun gang te laten gaan.

Zelfs nu was ze er nog maar net op tijd bij om te voorkomen dat ze met broodjes gingen gooien.

Ze was heel even naar de keuken gelopen om de eieren die ze gekookt had op te halen en toen ze terug kwam zat Lucas net met een broodje in zijn hand, terwijl Kevin hem zat te jennen: 'Dat durf je toch niet!'

Ze trok het broodje uit Lucas handen.

'Pas er op hoor! Als je met eten gaat gooien, word ik boos en dan krijg je morgen geen jam op je brood.'

Het was een dwaas dreigement, maar het werkte wel.

'Sorry An, we zullen het niet meer doen,' zei Kevin.

'Echt niet,' vulde Lucas aan.

Pas toen ze hem hoorde lachen, merkte ze dat Ronald inmiddels ook binnengekomen was.

'Je hebt de wind er aardig onder. Waar zijn de ouders van deze engeltjes?'

'Geen idee, ze zaten hier om kwart voor acht al. Hou jij nu even een oogje op ze, ik moet nog wat croissants uit de oven halen.'

Ze haastte zich de eetkamer uit. Ze vond de jongetjes wel amusant, maar was blij even van de verantwoording verlost te zijn. Ze had zich in allerlei bochten moeten wringen om toch op tijd het ontbijt klaar te hebben.

Met de versgebakken croissants in een mandje en een tweede kan versgeperste sinaasappelsap kwam ze de eetkamer weer binnen. Ronald zat nu aan tafel.

'Wil jij ook suderans? Of snap jij niet wat dat is?'

'Wij wel. An zegt dat grote mensen soms heel weinig snappen.'

'Wil jij ook jam? An heeft wel zes soorten.'

'Ik wilde ze allemaal, maar dat kan niet, zegt An.'

'Dan wordt het een rommeltje in je buik.'

Ronald grijnsde.

'Daar heeft ze gelijk in.'

Hij keek Antoinette aan en trok een wenkbrauw op.

'Of bedoelde je een rommeltje op tafel?'

'Allebei.' Ze knipoogde. 'Kijk eens, jongens, ik heb ook croissants met chocolade erin. Lusten jullie dat nog of is de honger over?'

Dat lustten ze nog wel. Ze waren net lekker aan het smullen en aan het tellen hoeveel brokjes chocolade ze tegenkwamen, toen Lisanne en Tom binnenkwamen.

'Jongens, wat eten jullie? Chocolade bij het ontbijt? Dat is erg ongezond en slecht voor je tanden.'

Tot Antoinettes grote verbazing trok Lisanne zonder pardon de broodjes uit de handen van haar zoons.

'Maar we mochten ze van An!'

'Daar heeft An helemaal niets over te zeggen.'

Lisanne keek Antoinette kwaad aan, maar Antoinette keek rustig terug.

'Pardon, mevrouw, maar dat wist ik niet. Zij zitten hier al een uur en ze hadden trek, dus heb ik ze van ontbijt voorzien. Misschien kunt u in het vervolg beter tegelijk met hen komen eten?'

Ze draaide zich om zonder op antwoord te wachten en liep naar de keuken om de koffiekan bij te vullen. Wat een irritant mens. Eerst liet ze haar kinderen zonder toezicht rondhangen, terwijl ze toch moest weten dat het niet bepaald brave jongetjes zijn en dan werd ze kwaad om een paar hapjes chocolade.

'Dat was amusant.'

Vincent stond in de deuropening.

'Vond je?'

'Mijn dierbare nicht kan het niet uitstaan als andere mensen leuk met haar zoons optrekken. Zeker niet als die andere mensen jonger, knapper en aantrekkelijker dan zij zijn.'

'Dat is dan haar probleem, niet het mijne.'

'Daar heb je gelijk in. Maar ik weet niet of zij het ook zo ziet.'

Ze haalde haar schouders op en bracht de koffiekan terug naar de eetzaal. Ze controleerde de manden met brood en de schalen met beleg.

'Juffrouw Nieuwkoop.'

Antoinette keek verbaasd op. Zo had niemand haar hier nog genoemd. Ze keek Lisanne rustig aan.

'Ja, mevrouw?'

'De eieren zijn allemaal veel te hard. Goed voor door de sla, maar zoiets serveer je niet bij het ontbijt. Kook nieuwe, twee voor mijn man, één voor mij. En deze keer zacht gekookt.'

Antoinette trok haar wenkbrauwen op en keek naar de zes half gepelde eieren op Lisannes bord. De eieren waren allemaal prima, het eigeel was net niet helemaal hard. Wie ze liever helemaal zacht had, kon daar natuurlijk om vragen, maar dit was belachelijk. Toch knikte ze kalm.

'Goed mevrouw.'

Ze pakte het bordje met de afgewezen eieren. Wat een verspilling. Maar goed, ze kon het krijgen zoals ze het hebben wilde.

Vincent pakte het bordje uit haar hand.

'Geef die maar aan mij. Ze zien er perfect uit.'

'Alle zes?'

'Waarom niet? Ik ben dol op eieren.'

'Nou ja. Alsjeblieft.'

Ze gaf hem het bordje en zag uit haar ooghoeken dat Lisanne zeer afkeurend keek. Zo leek ze als twee druppels water op haar grootmoeder, alleen zou die niet zo'n stennis maken over een paar eieren. Antoinette begreep best dat dit haar wraak was voor daarnet, maar ze maakte zich er niet druk om.

Een paar minuten later bracht ze drie zeer zachtgekookte eieren binnen en zette ze voor Tom en Lisanne neer. Lisanne stond echter op.

'Ik ben al klaar met ontbijten. Kevin, Lucas, kom mee naar boven.'

Tom sloeg het kapje van zijn ei af.

'Oh, bah. Helemaal vloeibaar nog. Ik vind ze lekkerder als ze wat harder zijn, zoals Vincent ze heeft. Heb je die nog?'

Antoinette hield een zucht binnen. Tom leek haar erg verstrooid, die had waarschijnlijk helemaal niets gemerkt van het gezeur van zijn vrouw.

'Natuurlijk, daar op het buffet.'

Vincent keek haar aan.

'Jij wordt niet snel kwaad.'

'Niet om zoiets, dat is het niet waard. Wil je nog meer afgewezen eieren? Ik heb nog drie zachte in de aanbieding.'

Hij grinnikte.

'Laat ik dat maar niet doen.'

Ronald had de hele tijd zwijgend in een krant zitten lezen. Hij keek pas op toen Tom vroeg: 'Heb jij al iets gehoord over die belegging?'

Ronald schudde zijn hoofd.

'Nee, sorry Tom. Voor zover ik weet is de koers nog steeds dalende. Ik weet niet wie je die tip gegeven heeft, maar ik ben bang dat je er niet veel aan zult verdienen.'

Tom zuchtte.

'Lisanne wil een serre aanbouwen. Ik hoopte... Nou ja. Het is niet anders.'

'Wil je mijn advies? Wacht nog even. Het trekt allemaal wel weer aan, maar dit is niet de juiste tijd voor dat soort dingen.'

'Ja, maar je kent Lisanne. Ze heeft al een aannemer in de arm genomen en tekeningen laten maken. Het wordt prachtig, maar...'

Ronald klopte hem geruststellend op zijn schouder.

'Kom na nieuwjaar met je gegevens naar mijn kantoor, dan zullen we zien wat er nog te regelen is. In deze periode ligt toch alles min of meer stil.'

Antoinette deed alsof ze druk in de weer was met brood snijden, maar ze hoorde wel alles en trok zo haar eigen conclusies. Vincent had gelijk gehad met zijn snelle opsomming. Eerst bevestigde Charlotte het, en nu Tom. Dan zou de rest ook wel kloppen. Tom knikte.

'Je hebt gelijk, Ronald. Jij bent tenslotte de expert op dat gebied. Heb je Simon nog een beetje kunnen helpen?'

'Er waren wat kleine aanpassingen mogelijk, maar veel is het niet.'

'Jammer, jammer.'

En dat was er weer een.

Ze ving Vincents blik op.

'Zie je wel?' Hij vormde de woorden met zijn mond.

Antoinette haalde haar schouders op en draaide zich om. Ze moest zich er gewoon maar buiten houden, ze had er tenslotte helemaal niets mee te maken. Wel bedacht ze dat ze inderdaad gelijk had. Ronald was wel degelijk meer dan de secretaris van Emily Richardsen. Zo te horen had hij zich gespecialiseerd in het geven van financiële adviezen. Waarschijnlijk beheerde hij ook het familiekapitaal voor Emily. Geen wonder dat hij als deel van de familie beschouwd werd.

Antoinette was druk bezig met de voorbereidingen voor de lunch toen Jacob aankwam. Hij liet er niet veel gras over groeien, ze hoorde hem luidkeels praten in alle kamers van het huis. Blijkbaar legde hij aan wie er maar in de buurt was uit, wat hij met de inrichting had willen bereiken. Ze wachtte met gemengde gevoelens zijn entree in de keuken af.

'Ah, en de keuken. Ik ben dol op de keuken. Zo stijlvol, zo echt country, vintage, bourgondisch. Worsten aan het plafond en... '

Antoinette zag dat Jacob blijkbaar in de zus van Emily een gewillig slachtoffer gevonden had voor zijn rondleiding. De wat stille oudere vrouw keek verbaasd naar haar metgezel toen die hartgrondig vloekte. In het Frans, merkte Antoinette, terwijl het toch een rasechte Hollander was.

'Wat heb jij gedaan? Wie ben jij? Waarom heb je mijn creatie veranderd? Dat mag niet, dat kan niet! Je hebt alles verpest!'

Een artistieke driftbui. Hoewel Antoinette zich afvroeg hoeveel er werkelijk van gemeend was, moest ze hem toch wel bewonderen. Heel de man had een flamboyante uitstraling. Hij droeg een gele broek met daarop een rood overhemd en een geruit jasje. Zijn haar was lang en hij had een mager gezicht met felle zwarte ogen. Er zat wel iets van Zuid-Europees bloed in, wat zijn temperament kon verklaren. Tijdens zijn woordenstroom bleef ze hem rustig aankijken, maar toen hij maar door bleef ratelen, viel ze hem kalm in de rede: 'Het spijt me, maar het kon niet anders. Ik ben Antoinette, de kok. Ik moest hier en daar wat dingen weghalen, omdat ik anders mijn werk niet naar behoren kan doen. Ik heb echt een schoon en leeg aanrecht nodig om voor zoveel mensen te kunnen koken. Maar ik heb alles in de provisiekast opgeborgen en ik zal het terugzetten als ik hier weer wegga, is dat goed? Ik vond het werkelijk prachtig allemaal en ik heb geprobeerd eromheen te werken, maar dan zou ik het juist kapot gemaakt hebben. Vetspetters op die prachtige antieke werktuigen bijvoorbeeld en op die mooie manden.'

Hij keek haar even verbaasd aan en zei toen, een stuk kalmer ineens: 'Eh, ja. Je hebt wel gelijk. Oh, maar zelfs de worst en de ham? Die heb je toch niet in plakken gesneden?'

'Nee hoor, die hangen veilig in de kast, zodat niemand het per ongeluk kan doen.'

'Dat moet ook, dat moet ook. Je hebt verstandig gehandeld, precies wat ik zou doen. Goed.'

Hij wendde zich tot Corinne. 'Gaan wij verder naar boven. Kom.'

Toen de deur achter hen dicht viel grinnikte Antoinette.

Rare snijboon. Ze nam aan dat zijn accent en zijn temperament grotendeels nep waren. Hij had immers ook een oer-Hollandse naam. En die gekke kleding... Ach, het bracht in ieder geval op een leuke manier leven in de brouwerij.

HOOFDSTUK 5

Die middag werd er een enorme kerstboom gebracht. De verkoper had er alvast honderden lampjes in bevestigd en hij stond op een stevige voet. Er stonden dozen met kerstversiering naast en het was de bedoeling de boom met de hele familie te versieren. Tijdens het theedrinken merkte Antoinette aan de meeste familieleden dat ze er hoegenaamd geen zin in hadden. Zelfs Emily zat een beetje lamlendig in de enorme leunstoel, die Antoinette voor zichzelf 'de troon' noemde. Antoinette boog zich naar haar toe.

'Zal ik warme kruidenwijn serveren om de stemming er een beetje in te brengen? En misschien moet ik dan straks met de kinderen maar gewoon vast beginnen met versieren? Er zijn vast wel minder breekbare ballen die zij kunnen ophangen.'

Emily keek haar verrast aan.

'Dat is heel lief van je. Ik kan je toch moeilijk met nog meer werk opzadelen. Die wijn hadden we ook al niet afgesproken.'

'Ik vind het leuk. Het is lang geleden dat ik een echt kerstfeest heb meegemaakt. Ik moest altijd werken met kerst en voor mij alleen ging ik toch ook het huis niet versieren.'

'Graag dan.'

Antoinette ruimde snel de laatste theekopjes op en bracht toen een groot blad met wijnglazen, gevuld met warme honingwijn binnen. Ze zag Ronald gehurkt bij de stereo zitten, die had blijkbaar het bevel gekregen kerstmuziek op te zoeken. Ze deelde de wijn rond en liep toen naar de drie kinderen toe die verveeld voor de televisie hingen.

Ze zette het beeldscherm uit en zei: 'Kom, we gaan de kerstboom versieren. Jullie mogen helpen.'

'Dat kan Roosje niet, die is te klein. Die maakt alles stuk.'

'Ik ga Roosje helpen en ik zal jullie laten zien welke ballen jullie mogen ophangen. Heel goed kijken, hoor, dat we het netjes doen. De meneer die hier alle spullen zo mooi heeft neergezet, is er ook en die wil vast dat de boom ook heel erg mooi wordt.'

Lucas sprong op en neer van plezier.

'Dat kan ik wel, dat kan ik wel.'

Op Emily's gezicht verscheen een glimlach. Gelukkig, dacht Antoinette. Ze gunde de oude dame haar ouderwetse kerstfeest met echte ouderwetse familievreugde. Zelfs als dat voor haar een hoop extra werk betekende.

Ze keek vluchtig de dozen door en vond een flinke hoeveelheid mooi bedrukte kartonnen ballen.

'Kijk eens, die mogen jullie doen. Goed verdelen, alle kleuren door elkaar hangen, hè?'

Samen met de kleine Roos bevestigde ze dennenappeltjes en kersjes op de takken, terwijl ze zo af en toe de antieke breekbare ballen hoger in de boom ophing. Geërgerd concludeerde ze dat niemand aanstalten maakte om te helpen. Lisanne had heel even gepruttled dat ze niet wilde dat haar zoons met gevaarlijke breekbare ballen speelden, ze zouden zich kunnen bezeren. Maar een bestraffende blik van Emily had haar het zwijgen opgelegd. Op deze manier was het een flinke klus, maar de gelukkige uitdrukking op het gezicht van Emily, die haar achterkleinkinderen quasi streng aanwijzingen gaf, was het waard, vond ze.

Onopvallend zorgde ze ervoor dat alle ballen netjes terechtkwamen. Daarna mochten de jongens nog één voor één heel voorzichtig de slingers in de boom hangen, wat ze met gepaste ernst en apetrots deden. Als allerlaatste moest de mooie grote ster op de top geplaatst worden. Dat mocht Roos doen, maar Antoinette kon haar met geen mogelijkheid hoog genoeg optillen en haar dan ook nog helpen de ster recht op de top te zetten.

'Ronald, Vincent, kunnen jullie even helpen? Roos heeft twee lange ooms nodig om de kroon op ons werk te bevestigen.'

Kevin trok aan haar schort.

'En wij dan? Mogen wij ook een kroon op het werk doen? Waarom mag Roos dat dan wel?'

'Omdat zij te klein is voor de slingers. Maar jullie mogen zo meteen de stekkers van de lichtjes in het stopcontact doen. En dan is de boom pas echt klaar.'

Dat was een eerlijke ruil, vonden ze. En gelukkig waren de volwassenen inmiddels, mede door de wijn, genoeg losgekomen om de arbeid van de kinderen te belonen met luidkeelse bewondering.

'Nu zingen, Oh dennenboom!' riep Kevin. Zijn grootvader Frederik leek ineens wakker te worden uit zijn overpeinzingen. Hij zette het liedje in en de rest van het gezelschap viel langzaam bij, de een na de ander. Glimlachend trok Antoinette zich terug. Ze verzamelde snel de wijnglazen en liep naar de keuken om de stoofschotel die in de oven stond te controleren en een nieuwe ronde kruidenwijn te schenken.

Corinne volgde haar.

'Ik wil je bedanken.'

Antoinette keek haar over haar schouder aan, terwijl ze de oven weer dichtdeed.

'Waarvoor?'

'Voor wat je daarnet gedaan hebt. Vroeger, toen ik zo oud was als Roos en Emily een jong meisje, was het kerstboomversieren bij onze grootouders voor ons kinderen het hoogtepunt van het hele kerstfeest. Al die domme kinderen en kleinkinderen van haar begrijpen gewoon niet hoe belangrijk het voor haar is. Maar jij begrijpt het wel en je hebt er iets goeds van gemaakt. Dit zullen Kevin, Lucas en Roos zich nog herinneren als ze zo oud zijn als Emily en ik. Ik ben je zo dankbaar. En Emily ook, al betwijfel ik of ze dat ooit zo zou zeggen. Ze uit zich niet zo gemakkelijk, maar ze bedoelt het goed.'

'Dat weet ik.'

Antoinette voelde zich een beetje ongemakkelijk onder al deze dankbaarheid. Ze had simpel gedaan wat haar gevoel haar ingaf, meer niet.

Corinne vervolgde, meer tegen zichzelf dan tegen Antoinette: 'Ik had dat eerder moeten snappen. Ze was mijn zus, maar ik begreep haar niet. Zij was het niet eens met mijn huwelijk. Frank was iemand die niet uit onze eigen kringen kwam en ze vond hem een klaploper die enkel op mijn geld uit was. Ik vond haar hard en onbuigzaam en verbrak het contact. Ik heb haar veertig jaar niet gezien of gesproken. Pas nu we allebei oud en afgedaan zijn, hebben we elkaar weer gevonden. Ik heb haar nodig. Mijn eerste man is al heel lang dood en mijn tweede man overleed vorig jaar. Mijn zoons zijn al jaren het huis uit, die zie ik zelden. Ik was vreselijk eenzaam. Emily nam me na al die jaren zonder bedenkingen weer op in de familie. Ik ben haar heel wat verschuldigd en ik zal alles doen om te zorgen dat dit kerstfeest wordt zoals zij zich dat had voorgesteld.'

Antoinette vond dat dit vooral grote woorden waren, want Corinne had zelf nog geen enkele poging gedaan om de stemming een beetje te verbeteren. Maar misschien was dat voor zo'n stil en verlegen type ook wel te veel gevraagd. Toch klonk het allemaal een beetje onecht.

Ze nam het blad op en glimlachte.

'Ik moet dit wegbrengen nu het op de juiste temperatuur is.'

'Ik zal de deur voor je openhouden.'

In de huiskamer werd nog steeds gezongen. Antoinette zette het blad op het dressoir en maakte zich toen weer uit de voeten. Ze moest zich haasten om het diner op tijd klaar te krijgen, maar het was het waard. De sfeer in huis was nu heel even zoals zij zich dat voorstelde bij een familie.

Het leek wel of de keuken een speciale aantrekkingskracht had voor iedereen die iets op zijn hart had, bedacht Antoinette, toen Renate de keuken binnenkwam.

'Kan ik je ergens mee helpen?'

Antoinette schudde haar hoofd.

'Nee, hoor, dat is niet nodig. Ik heb alles onder controle.'

Renate ging op een keukenstoel zitten en keek zwijgend toe hoe Antoinette geroutineerd de groenten fijnsneed.

'Dat doe je snel. Knap hoor.'

'Daar heb ik jaren voor geleerd, hoor. In het begin was ik vreselijk langzaam. Mijn chef werd gek van me. Hij heeft me heel wat keren uit staan schelden.'

'Wat vreselijk. Daar zou ik echt niet tegen kunnen. Ik zou huilend weggelopen zijn.'

'Het hoorde erbij.'

'Ja, maar we zijn niet allemaal zo zelfverzekerd en rustig als jij. Ik wou dat ik zo was geweest vroeger. Dat zou misschien een hoop problemen gescheeld hebben. Ik heb altijd maar naar iedereens pijpen gedanst. Die van Frederik, die van mijn schoonmoeder en nu zelfs die van Lisanne. Ik durf het niet eens te zeggen als ik het niet met ze eens ben, laat staan dat ik echt tegen ze in durf te gaan.'

'Ach, vaak is het de moeite niet waard om tegen mensen in te gaan.'

'Ja, maar dat bewonder ik dus zo in jou. Je maakt geen ruzie, ook niet als Lisanne je bewust uitdaagt, zoals vanmorgen met die eieren. Maar je laat je ook niet de grond instampen en je gaat vervolgens gewoon je eigen gang. Ik vind dat zo knap. En zoals je het initiatief nam, daarnet. Ik zat wel steeds te denken dat iemand toch iets moest doen, maar ik durfde maar niet. Als zelfs mijn schoonmoeder niet gewoon beveelt dat de boom versierd moet worden, durf ik al helemaal niet. En jij... Nee, echt. Ik bewonder je ontzettend.'

Antoinette liet het verhaal maar een beetje over zich heen komen, terwijl ze ondertussen hard doorwerkte. Nog een paar van dit soort intermezzo's en ze zou echt niet op tijd klaar zijn. Ze wist trouwens helemaal niet wat ze hier mee aan moest. Het klopte ook niet. Inwendig was ze helemaal niet rustig en zelfverzekerd. Ze had alleen geleerd haar mannetje te staan. Na alles wat er vijf jaar geleden gebeurd was, moest ze wel. Het was of eraan onderdoor gaan of harder worden. En ze had gekozen voor het laatste. Eigenlijk vond ze zelfs dat ze niet hard genoeg was.

Ze raakte veel te veel betrokken bij deze rare familie. En Ronald liet haar ook nog steeds niet onberoerd. Dat was dan blijkbaar niet te merken, gelukkig.

Renate vervolgde: 'Zelfs mijn schoonmoeder luistert naar je. Ik heb nooit tegen haar op gekund. En Frederik ook niet, trouwens. Wist je dat ze nog steeds de meerderheid heeft in het bedrijf?'

Antoinette mompelde iets bevestigends.

'En aandelen opgeven, ho maar. Zij bepaalt de salarissen, zelfs die van Frederik en Jeroen. Heel belachelijk, want wie hebben er nu eigenlijk de dagelijkse leiding? Zij komt eens in de maand een dag vergaderen, stemt tegen allerlei voorstellen tot modernisering en houdt nog steeds haar hand op de knip. Dat kan toch ook niet gezond zijn voor het bedrijf? Het is investeren of langzaam doodbloeden. Ze zou toch zo langzamerhand eens wat aandelen aan Frederik over moeten doen, zodat hij echt de leiding krijgt. Belachelijk, op zijn leeftijd nog onder de plak van zijn moeder zitten, vind je niet? Je zou onderhand echt hopen dat ze snel een keer doodgaat.'

Renate stond op en liep naar Antoinette toe.

'Zeg, zou jij niet eens tegen haar kunnen zeggen dat het verstandiger zou zijn om haar aandelen aan Frederik over te doen?'

Antoinette schoot in de lach. 'Waarom zou ze naar mij luisteren? Ik weet helemaal niets van bedrijfsvoering, ik ben kokkin. Nee hoor, daar houd ik me buiten.'

Renate keek haar beledigd aan. De vriendelijkheid was op slag verdwenen en Antoinette begreep dat het hele verhaal hier naartoe had moeten leiden. Hoe kwam dat mens erbij?

'Ik bedoel niet dat je haar uitgebreid advies moet geven, maar je kunt er toch wel iets over zeggen? Naar jou luistert ze tenminste.'

'Ja, als ik zeg dat wat mij betreft niet iedereen tegelijk hoeft te ontbijten of als ik zeg dat spruitjes wel traditioneel bij het kerst-diner horen, maar lang niet door iedereen gewaardeerd worden. Nee, als dit u zo verschrikkelijk dwarszit, zult u zelf met haar moeten gaan praten.'

Renate liep zonder nog iets te zeggen de keuken uit. De deur knalde in het slot.

Antoinette schudde haar hoofd. Voor iemand die vreselijk over zich liet lopen, kon ze wel goed met deuren gooien.

Vrijwel direct daarna kwam Frederik binnen. Antoinette onder-drukte een diepe zucht.

'Dag, eh Annie?'

'Antoinette.'

'Oh. Was mijn vrouw daarnet hier?'

'Ja, ze is net weg.' En dat moet je gezien hebben, vulde ze in gedachten aan.

'Ja, ja. Waar had zij het met je over?'

'Over mijn werk.'

'En verder?'

Antoinette schudde haar hoofd.

'Dat kan ik nu niet allemaal herhalen. Het spijt me, ik heb het druk.'

'Heeft zij met jou gesproken over de aandelen van mijn moeder?'

'Onder andere, ja.'

'En wat vind je daarvan?'

Terwijl ze nog wat kruiden aan de soep toevoegde, overwoog Antoinette hem simpelweg de waarheid te vertellen, dat ze de hele familie een slap zootje vond dat zich liet knechten door een oude dame, alleen omdat ze bang waren voor hun erfenis. Toon ruggengraat, ga werken voor je geld! zou ze willen roepen. Maar dat kon ze niet maken, natuurlijk.

'Ik vind niet dat ik daarover kan oordelen, meneer Richardsen. Wilt u me nu excuseren, ik moet de tafel dekken.'

Ze liet hem zonder plichtplegingen in de keuken staan en hoopte maar dat hij daar niet op haar zou wachten. Ze werd gek van die lui!

In de eetkamer vond ze Jacob.

'Ah, onze kokkin en kerstboomstyliste! Dat heb jij weer goed gedaan. Zag er mooi uit!'

'Dat is fijn.'

Antoinette trok een mooi geborduurd tafelkleed uit de kast en gooide die over de tafel. Geroutineerd trok ze hem recht en verdeelde vervolgens zestien borden, soepkommen, wijnglazen en het bijbehorende bestek. Jacob dribbelde achter haar aan en klakte goedkeurend met zijn tong.

'Heel netjes, heel goed. Waarom gebruik je het damasten kleed niet?'

'Die is voor morgen. Ik wilde het kerstdiner zo officieel mogelijk aankleden.'

Ze pakte het bloemstukje dat ze die morgen had gemaakt en zette die midden op de tafel.

'Ook al zelfgemaakt? Jij hebt vele talenten. Ik denk dat ik verliefd op je word!'

Antoinette lachte.

'Dat is wel heel snel.'

'Ja, dat is mijn Zuid-Europese bloed. Ik ben zeer passioneel.'

Hij pakte haar hand en kuste die.

Antoinette trok haar hand terug.

'Sorry, geen tijd. Ik moet naar mijn soep.'

'Is soep belangrijker dan Jacob?'

Ze grinnikte.

'Voor mij wel.'

Zijn zwarte ogen glommen geamuseerd. Antoinette vroeg zich af hoeveel toneel hier bij was, maar het was wel verfrissend na het geneuzel van Frederik en Renate. Een stuk vrolijker haastte ze zich terug naar de keuken, maar ze botste tegen Ronald op. Ze zuchtte.

'Zeg maar niets. Je zag me met Jacob. Niet mijn schuld, betekent niets en je hebt er trouwens ook niets mee te maken. Ik heb haast, laat me er langs.'

Hij lachte, maar niet van harte.

'Laat maar dan. Het zal wel goed zijn.'

Ze negeerde hem verder. Het was acht uur en ze was net op het nippertje klaar. Ze hoopte niet dat het iedere dag zo zou gaan, dat werd wel heel erg zenuwslopend.

Na de maaltijd vroeg Emily haar of ze, als ze klaar was met opruimen, nog even bij haar op de kamer wilde komen.

'Natuurlijk, maar dat wordt wel tien uur, misschien zelfs later.'

'Dat is geen probleem, ik ga toch niet vroeg slapen.'

Toch haastte Antoinette zich. Ze vroeg zich af wat de oude dame met haar wilde bespreken. Vooral omdat het blijkbaar zo belangrijk was dat het vanavond nog moest. Ze hoopte maar dat het iets te maken had met het kerstdiner en niet met aandelen, want daar wilde ze toch echt niet bij betrokken worden.

Om kwart over tien klopte ze aan bij de kamer van mevrouw Richardsen.

'Daar ben ik dan. Ik heb een glas groc meegenomen, heeft u daar trek in?'

'Jazeker. Dat er nog iemand is die weet hoe je dat klaarmaakt... Het is zeker een halve eeuw geleden dat ik het geproefd heb.'

Voorzichtig nam ze een slokje.

'Ja, heerlijk, precies zoals ik het me herinner.'

Ze keek Antoinette aan.

'Toen ik je inhuurde, twijfelde ik een beetje. André zei wel dat je goed was, maar toch. Je bent erg jong voor een heel drukke taak. Maar je doet het geweldig. En je doet zoveel meer dan ik gevraagd had.'

'Dat valt wel mee, het is geen moeite.'

'Niet jokken, kind. Je heb je vandaag verschrikkelijk hard moeten haasten door die kerstboom. Je ziet er doodmoe uit.'

'Dat gaat wel over met een nacht goed slapen.'

'Ik begreep van Ronald dat je vroeger vaak oververmoeid was.'

Ze trok haar wenkbrauwen op.

'Heeft hij over me gepraat? Daar had hij het recht niet toe. Ik was niet opgewassen tegen de baan die ik toen had, maar ik kan me tegenwoordig prima redden. U kent André, u weet dat ik het in zijn keuken niet zou volhouden als dat anders was.'

'Dat is waar.'

Antoinette vroeg zich af wat Ronald nog meer verteld had. Ze stelde het niet erg op prijs dat hij dat deed. Het was al lastig genoeg dat ze hem voortdurend tegen het lijf liep. Het werd helemaal vervelend als hij iedereen over hun huwelijk ging vertellen. En ze hoopte dat hij dan niet uit de school klapte over haar puberteit. Dat zou alleen maar rare reacties opwekken.

'Niet zo boos kijken, An. Ronald heeft het me alleen verteld omdat ik er naar vroeg. Ik had gezien dat er iets tussen jullie speelde en vroeg me af hoe dat kon na twee dagen. Dus vertelde hij me dat jullie getrouwd zijn geweest, meer niet. En toen ik vanavond zei dat je er moe uit zag, zei hij dat hij zich daar een beetje zorgen om maakte vanwege je klachten van vroeger. Dat was alles.'

'Het zal wel goed zijn.'

'Maar daar riep ik je niet voor. Ik wilde je nog een gunst vragen. Ik had gedacht als kerstcadeau iedereen een behoorlijk geldbedrag te geven. Ronald heeft al voor me uitgezocht hoe dat zit, met belastingvrije giften. Maar ik vind het toch wat kaal. Eigenlijk horen er grote dozen onder die boom, met heel veel cadeaus. Dus heb ik vlak voor mijn vertrek nog van alles laten komen. Standaardcadeaus; stropdassen voor de mannen, zijden sjaaltjes voor de vrouwen, wat speelgoed voor de kinderen. Alles is ingepakt en er zitten naamkaartjes op. Het ligt in mijn kleedkamer, daar achter die deur. Ik zou het erg leuk vinden als al die pakjes morgenochtend zonder dat iemand het gemerkt heeft onder de boom lagen. En ik wilde vragen of jij dat wilt doen. Je zult er een half uurtje eerder voor op moeten staan, ben ik bang.'

'Dat is geen probleem. Alleen wordt u dan ook eerder wakker. Of kan ik er van buitenaf bij?'

'Nee, maar dat geeft niet. Ik ben meestal om zes uur al wakker. Als ik al slaap. Want dat lukt niet best, de laatste weken. Al voel ik me nu wel heerlijk slaperig, door die groc.'

'Dan zal ik u snel alleen laten. Morgenochtend ben ik om halfzeven bij u. Welterusten.'

Antoinette trok de deur zachtjes achter zich dicht.

Leuk, ze had zich al afgevraagd of men in deze familie tegen kerstcadeautjes was. Alleen dan weer jammer dat niemand in de familie iets bij zich had voor Emily.

Het was haar zaak niet, hield ze zichzelf voor. Ze raakte veel te veel betrokken bij deze familie. Dat was niet verstandig.

Toch zat het haar dwars. Ze aarzelde even, maar toen ze licht onder Rolands deur zag schijnen, nam ze een besluit en klopte aan.

Verbaasd keek hij haar aan.

'Wat is er? Tijd om te praten?'

'Nee. Iets heel anders. Wist je dat mevrouw Richardsen voor iedereen cadeautjes heeft geregeld? Die moet ik morgen onder de kerstboom leggen, als verrassing. Denk jij dat er iemand is die ook zoiets voor haar heeft gedaan?'

'Ik ben bang van niet.'

'Hè. Ik vind dat zo rot. Het is echt een stelletje... Laat maar. Dat mag ik niet zeggen.'

Hij grinnikte.

'Nee, maar ik ben het wel met je eens. Maar wat wil je? Ik kan nu niets meer regelen.'

Antoinette zuchtte.

'Nee, natuurlijk niet. Laat maar. Ik weet eigenlijk niet waarom ik jou er voor stoorde.'

'Behoefte aan aanspraak?'

'Zoiets. Ik ga maar naar bed. Bedankt in ieder geval.'

'Je mag nog wel even binnenkomen. Glaasje cognac?'

'Nee, dank je. Bah.'

Hij lachte.

'Nog steeds geen sterke drank?'

'Helemaal geen drank. Ik drink niet alleen en ik heb zelden iemand om mee te drinken. Bovendien blijf ik liever helder.'

'Red je het wel hier? Het is vreselijk veel werk en dan heb je het
ook nog druk met andere dingen.'

'Het probleem is meer dat andere dingen het druk met mij hebben. Maar ik red me best. Maak je geen zorgen. Ik kan dit werk
prima aan. Dat heb ik mevrouw Richardsen ook al verteld. Jij
hebt over mij uit de school geklapt.'

'Niet alles. Wees maar niet bang. Alleen over ons huwelijk.'

'En mijn oververmoeidheid. Dat vind ik niet erg prettig. Dat zou
me opdrachten kunnen kosten als je dat soort verhalen ophangt
bij mijn klanten.'

'Zolang ik ze de rest van je verhaal niet vertel, valt het nog wel
mee.'

Gekwetst keek ze hem aan.

'Dat zou dan ook een rotstreek zijn.'

Ze draaide zich om en liep naar haar eigen kamer, maar hij haalde haar in met een paar stappen van zijn lange benen.

'Het spijt me. Ik zou zoiets nooit doen.'

Antoinette keek hem aan, haar ogen waren koud als ijs.

'Dat hoop ik dan maar. Welterusten.'

Ze duwde de deur dicht voor hij kon reageren en draaide de sleutel om. Teleurgesteld en boos leunde ze er tegenaan. Ze hoorde
hem zachtjes vloeken en daarna hoorde ze zijn kamerdeur iets te

hard dicht gaan. Gelukkig sliep mevrouw Dijksma rond deze tijd al heel erg diep. Het lieve mens kon al het werk maar net aan en het was niet de bedoeling dat zij last had van de problemen tussen haar en Roland.

Met een zucht liet ze zich op het bed vallen. Wat een gedoe. En zij maar denken dat ze hier simpelweg een paar dagen voor goed eten zou gaan zorgen. Als ze geweten had dat ze ook nog eens als praatpaal en probleemoplosser zou moeten fungeren, had ze... Ach, dan had ze het ook gedaan.

HOOFDSTUK 6

De volgende ochtend legde ze de mooi ingepakte cadeaus van mevrouw Richardsen onder de boom. Het zag er heel sfeervol uit en tot haar voldoening reageerden de kinderen in ieder geval enthousiast. Ze was blij dat mevrouw Richardsen al op was om te horen dat Kevin en Lucas juichend door het huis renden.

'Cadeautjes, cadeautjes! Er liggen cadeautjes onder de boom! Wakker worden, wakker worden. Er zijn cadeautjes! Mama, mogen we ze uitpakken?'

Lisanne haalde ongeïnteresseerd haar schouders op, maar gelukkig was Charlotte deze keer wat minder afwezig dan de dag ervoor. Tot haar genoegen zag Antoinette dat Charlotte het voortouw nam.

'We wachten eerst tot iedereen wakker is en heeft ontbeten, niet waar, grootmoeder? Maar ik denk dat jullie alle langslapers wel wakker gemaakt hebben, dus dat duurt vast niet lang meer.'

Emily's gezicht lichtte op.

'Goed idee. Kun jij om negen uur koffie klaar hebben, An? Met kerstkrans of zoiets?'

'Natuurlijk.'

De hele familie zat om even over achten aan het ontbijt. De jongens waren bijna niet te houden.

'Er zijn cadeautjes, An. Heb jij dat al gezien?'

'Denk je dat wij heel veel krijgen?'

'Ik weet het niet. Er liggen wel heel veel pakjes, maar er zijn ook heel veel mensen hier.'

'Wist de Kerstman dan dat wij hier waren? Ik vind dat knap.'

'Ah joh, de Kerstman bestaat niet. Dat heeft iemand gewoon gedaan. Hè, An?'

'Ik weet het niet, hoor. Maar die iemand heeft dan wel voor kerstmannetje gespeeld.'

Ze liet de jongens het onderling uitvechten en rende terug naar de keuken voor een tweede bakplaat croissantjes. Best gezellig dat ze allemaal tegelijk gingen ontbijten, maar dan moest ook alles tegelijk klaar zijn.

Het eierwekkertje liep af en ze zette behoedzaam een zeer zachtgekookt ei in een dopje.

Zonder commentaar zette ze die in de eetkamer voor Lisanne neer. Vincent grijnsde, maar zei gelukkig niets en Lisanne keek wel kwaad, maar at het ei zwijgend op.

Terwijl Antoinette de ontbijttafel opruimde, zette ze gauw koffie en warmde ze een kerstkrans op. Het ging maar net allemaal. Ze hoopte dat de familie, inclusief Emily, zou begrijpen dat ze voor het kerstdiner toch echt even al haar tijd en aandacht nodig had. Ze had in de loop van de afgelopen twee dagen al wat dingen voorbereid, maar het meeste moest toch straks nog gebeuren.

Gelukkig had ze niet alleen het menu en de recepten, maar ook de volgorde van werken goed van tevoren uitgedacht. Het zou niet de eerste keer zijn dat een kerstdiner in het water viel doordat de planning niet klopte, maar dat zou haar niet overkomen.

Ze bracht de koffie en de thee naar de zitkamer en was er net getuige van dat Emily haar cadeau openmaakte. Tot haar grote vreugde, was mevrouw Richardsen oprecht blij met de antieke quilt die Antoinette onderweg in een brocanterie op de kop getikt had. Eigenlijk als cadeautje voor zichzelf maar ze had gisteravond na haar gesprekje met Ronald besloten het probleem dan maar zo op te lossen. Ronald keek haar aan en ze zag dat hij het door had. Als hij dat nou maar niet ging doorkletsen. Ze wilde helemaal niet de goede fee uithangen, het was gewoon een gebaar naar een vrouw die ze had leren waarderen.

Antoinette trok zich terug in de keuken en begon aan de voorbereidingen voor het uitgebreide diner.

Ze zuchtte toen ze de keukendeur open hoorde gaan. Daar kwam weer iemand. Ze draaide zich om.

'Oh, Ronald. Ik heb vandaag echt geen tijd om te praten. Sorry.'

'Ik ben zo weer weg. Iemand heeft een prachtige quilt voor Emily gekocht.'

'Ik zag het.'

'Ze was er erg blij mee.'

'Da's mooi.'

'Was jij die iemand?'

Antoinette antwoordde niet.

'Toe Antoinette, geef eens antwoord. Was dat jouw quilt?'

Ze zuchtte.

'Ja, maar eigenlijk is het een snertcadeau, want ik had het voor mezelf gekocht, niet speciaal voor haar. En zo hoort het niet.'

'Ik vind het een heel erg lief gebaar.'

Antoinette draaide zich om en keek hem boos aan.

'Waag het niet het haar te vertellen!'

'Dan strijkt Lisanne met de eer. Die staat er nu interessant mee te doen. Negentiende eeuws, vroeg Amerikaans.'

'Dat geeft niet. Als Emily er maar blij mee is. En het is begin twintigste eeuws en Frans.'

'Heb je daar ook al verstand van?'

'Het is een hobby.'

'Je blijft me verbazen. Je bent zo totaal anders dan de Antoinette waarmee ik getrouwd was.'

'Die bestaat niet meer. Die tijd is voorbij. Ik ben veranderd.'

'Je moest natuurlijk wel. De scheiding, je baan kwijt. Het is nog een geluk dat je werkgever geen officiële aangifte van die diefstal gedaan heeft, dan was het lastiger geweest.'

Het gevoel dat Antoinette overviel hield het midden tussen woede en wanhoop. Het was echter trots dat haar ervan weerhield de waarheid te zeggen. Het zou zo gemakkelijk zijn te vertellen dat ze al een paar dagen na die vreselijke dag volledig gerehabiliteerd was. Maar het deed haar pijn dat Ronald nog steeds geloofde dat ze het wel had gedaan. Net als vijf jaar geleden. Oh, heel begripvol was hij. Snapte dat het verleidelijk was, dat ze per ongeluk teruggevallen was in haar oude gewoontes. Maar hij wilde absoluut niet geloven dat ze het simpelweg niet gedaan had en werd zelfs kwaad toen ze het bleef ontkennen. Dat was waar hun huwelijk, dat toch al niet heel goed was, op kapot gegaan was. En dat was ook de reden dat ze niet bereid was hun relatie zomaar weer op te pakken.

Ze draaide zich om en ging zwijgend verder met het schillen van de aardappels.

Even later hoorde ze Ronald de keuken verlaten en ze haalde opgelucht adem. Ze richtte haar aandacht op haar werk en zoals altijd kwam ze daarvan tot rust. Het duurde niet lang voor ze het rottige gevoel kwijt was en zingend de groenten schoonmaakte. Tussendoor verzorgde ze de lunch en verstrekte zelfgebakken schuimpjes en kerstkransen bij de thee. Tot haar opluchting bleef het rustig. Geen bezoek in de keuken, behalve mevrouw Dijksma, die kwam vragen of ze hulp nodig had.

Ze wimpelde haar vriendelijk af. Het was juist heerlijk om ongestoord zo'n uitgebreid menu klaar te maken. Daarom keek ze een tikje nijdig op toen Ronald om zeven uur weer binnenkwam.

'An, niet boos worden, maar ik moet je wat vragen.'

'Wat?'

'Jij bent gisteravond en vanmorgen vroeg bij mevrouw Richardsen op de kamer geweest. Klopt dat?'

'Ja.'

'Heb jij haar diamanten broche toen zien liggen?'

'Die gestileerde roos? Ja, die lag in een open doosje op haar nachtkastje. Mooi ding.'

'Ja, heel mooi. Maar hij is weg. Het doosje vonden we leeg op de grond, de broche is onvindbaar.'

Ze keek hem verschrikt aan.

'Vanochtend lag hij er nog. Ik heb hem een stukje aan de kant geschoven om haar theeblad neer te zetten, want ze sliep nog toen ik binnenkwam. Ik was een uur eerder vanwege die cadeaus.'

'En toen je het blad weghaalde?'

Ze fronste.

'Dat heb ik niet gedaan. Mevrouw Dijksma bracht het beneden nadat ze de kamer had schoongemaakt. Dat doet ze altijd.'

Ze keek hem oplettend aan.

'Je denkt toch niet dat mevrouw Dijksma... Dat geloof ik niet. Die zou nooit...'

'Nee, dat denk ik ook niet.'

Hij keek haar ernstig aan.

Antoinette voelde zich koud worden.

'Nee, niet weer. Je denkt dat ik het heb gedaan.'

Ronald zuchtte, maar ontkende het niet.

'Ik moet het je wel vragen. Jij hebt de broche voor het laatst gezien. En het is natuurlijk wel in me opgekomen. Je had volop de gelegenheid en ik kan me voorstellen dat het heel erg verleidelijk voor je moest zijn. Je bent er nu eenmaal gevoelig voor.'

'En dat heb je haar verteld ook, natuurlijk.'

'Wat moest ik anders?'

'Mij een eerlijke kans geven? Wie weet dit nog meer?'

'Alleen mevrouw Richardsen. We willen je de kans geven je fout goed te maken.'

'Erg vriendelijk. Waar is ze? Op haar kamer?'

'Ja. Ik zal je bij haar brengen.'

Antoinette besefte dat hij aannam dat ze haar excuses aan ging bieden en de broche terug zou geven. Hij dacht dat zij het gedaan had. Alweer.

Ze draaide het gas laag en controleerde de rest van het eten. Ze kon wel heel even weg, maar dan zou ze zich straks moeten haasten om de tafel te dekken. Als ze tenminste niet op staande voet ontslagen werd. Maar ja, wie moest er dan voor het eten zorgen? Gefrustreerd bedacht ze dat haar verleden haar bleef achtervolgen. Eén foutje op haar vijftiende en ze had levenslang.

Ze klopte aan bij mevrouw Richardsen en liep naar binnen. Ronald volgde haar. Ze draaide zich om.

'Ik wil onder vier ogen met mevrouw Richardsen praten.'

Hij aarzelde.

'Kom nou, je denkt toch niet zo slecht over me dat je dat niet aandurft?'

Ronald zuchtte.

'Goed dan. Tien minuten. Niet langer.'

Hij verliet de kamer en trok de deur achter zich dicht. Antoinette liep naar mevrouw Richardsen toe, die in avondkleding op een stoel naast het bed zat. De oude vrouw keek Antoinette verontschuldigend aan.

'Het spijt me erg. Als ik dit geweten had...'

Antoinette ging tegenover haar op het bed zitten.

'Denkt u echt dat ik die broche weggenomen heb?'

'Ik weet het niet. Maar Ronald vertelde me...'

'Hij kent maar de helft van het verhaal. Wilt u alstublieft naar me luisteren?'

'Natuurlijk. Ga je gang.'

Antoinette haalde diep adem.

'Het is waar dat ik als vijftienjarige met verkeerde vrienden omging. Meestal hield ik me erbuiten als ze rottigheid uithaalden, maar ik ben een keer betrokken geweest bij een winkeldiefstal. We werden gepakt en ik heb taakstraf gehad. Daarna heb ik gebroken met die jongens. Dat was mijn enige misstap.'

'En vijf jaar geleden? Die diefstal op je werk?'

'De dader was een jongen uit het magazijn. De sukkel ging gewoon door met stelen toen ik thuis zat, dus ik was al na twee dagen volledig vrijgesproken. Nog een dag later hebben ze hem op heterdaad betrapt. Ik zal u het nummer van mijn toenmalige baas geven, zodat u mijn verhaal kunt natrekken. Ik ben daar volledig gerehabiliteerd en heb er nog een half jaar gewerkt.'

'Maar Ronald...'

'Hij wilde me niet geloven. Het kwam geen moment in hem op dat ik onschuldig was. En nu weer niet. Dat is de reden dat ons huwelijk kapot ging en dat is ook de reden dat het nooit meer goed zal komen.'

'Maar waarom vertel je hem niet wat je mij nu net verteld hebt?'

'Omdat ik vertrouwen van hem wil. En dat heeft hij mij nog nooit gegeven. Die vermoeidheid waar we het gisteren over hadden? Nu beweert hij dat hij zich zorgen maakt, maar toen dacht hij dat ik de bloemetjes buiten zette als hij overwerkte. Dat ik vreemdging als hij laat thuiskwam en dat ik naar nachtclubs ging als hij een paar dagen wegbleef voor een klus in het buitenland. Dat ik een aantoonbare afwijking in mijn stofwisseling heb, waardoor ik iets voorzichtiger moet omgaan met mijn dieet en mijn energieverdeling dan de doorsnee mens, heeft hij ook al niet willen geloven. Nee, ik ga me niet vernederen om me in zijn ogen vrij te spreken. Hij moet het zelf willen, maar blijkbaar is het gemakkelijker voor hem om me te zien als het verknipte meisje met de criminele achtergrond.'

'Het is zo jammer. Ik mag jullie allebei erg graag.'

Antoinette stond op.

'Het is niet anders.'

Ze keek peinzend naar het lege doosje op het nachtkastje en er schoot haar iets te binnen. Ze liep er naar toe en trok het kastje aan de kant. Op haar knieën voelde ze onder het bed. In een hoekje achterin, vastgehaakt in de lange rand van de sprei, vond ze de broche.

'Hij was gewoon gevallen. Ik herinner me dat ik hem opzij geduwd heb, om uw ontbijtblad neer te zetten. U sliep nog toen ik de cadeautjes kwam halen. Waarschijnlijk lag hij te ver op het randje en is hij eraf gevallen toen mevrouw Dijksma het blad weghaalde.'

Ze zag mevrouw Richardsen bleek worden.

'Wat erg. Ik heb niet eens goed gezocht. Hij was weg en ik dacht meteen aan diefstal. Ik word een paranoïde oud mens. Het spijt me heel erg.'

'Het is niet erg. Ik ben blij dat het opgelost is.'

Bezorgd constateerde Antoinette dat Emily's lippen kleurloos, bijna blauw waren.

'Voelt u zich wel goed?'

'Ik weet het niet. Een beetje moe. Daar heb ik al een paar dagen last van. Vergeetachtig, moe, niet helemaal helder. De ouderdom slaat nu echt toe, ben ik bang.'

Dat was dan wel erg plotseling, vond Antoinette. Vreemd. Misschien was deze familiebijeenkomst toch te inspannend voor zo'n oude dame. Maar een paar weken geleden was ze nog heel scherp en volkomen helder geweest.

Een harde bonk op de deur onderbrak haar gedachtegang.

Ze deed de deur open en keek Ronald ijzig kalm aan.

'Ik moet terug naar de keuken, anders loopt het diner in de soep.'

'En de broche?'

'Die lag onder het bed, maar dat geloof jij toch niet.'

Antoinette draaide zich zonder op antwoord te wachten om en haastte zich naar beneden.

Toen de keukendeur openging wist Antoinette zonder te kijken al dat het Ronald was. Ze vroeg zich af hoeveel Emily had verteld. Niet dat het iets aan de zaak veranderde. Als hij pas van mening veranderde als hij het van anderen hoorde, was dat nog steeds geen blijk van vertrouwen. Zelfs al zou dit de oude problemen oplossen, hoe lang duurde het dan voor er weer een misverstand ontstond die een breuk veroorzaakte? En dan was het te hopen dat ze niet inmiddels zo ver waren dat ze een gezin gesticht hadden, want het was helemaal rampzalig als er kinderen betrokken waren bij dit soort ruzies. Nee, het beste was gewoon te accepteren dat een relatie met hem geen kans tot slagen had.

Ronald kuchte. Een beetje ongemakkelijk zei hij: 'Goed dat je die broche terugvond.'

Ze negeerde hem en ging zwijgend verder met het afwerken van de groenteschotel.

'Het spijt me dat ik erover moest beginnen, maar je was de laatste die...'

'Ronald, ik heb hier geen tijd voor en ik wil er ook niet over praten. Ga mijn keuken uit en laat me mijn werk doen.'

Hij aarzelde.

'An, ik...'

Maar ze keek hem niet eens aan en werkte verder alsof hij niet bestond. Kwaad stond hij op en verliet de keuken. Antoinette zuchtte opgelucht toen ze de deur dicht hoorde slaan.

Leuk was anders, maar het moest maar zo. Na nieuwjaar zou het allemaal weer voorbij zijn en ze nam aan dat hij haar dan net zo snel zou vergeten als hij dat vijf jaar geleden gedaan had.

HOOFDSTUK 7

Ondanks de problemen tijdens de voorbereiding, was het kerstdiner een groot succes. Alles was op tijd klaar, de kalkoen was heerlijk mals, de vulling smakelijk, de aardappelpuree was goudgeel en goed van structuur en alle groenten waren op tijd gaar. Ook de voor- en nagerechten werden door de familieleden zeer gewaardeerd. Zelfs Lisanne moest, zij het onder druk van haar man en Vincent, toegeven dat Antoinette heel goed werk geleverd had.

Het was vrij laat toen Antoinette nog in de keuken bezig was met opruimen, afwassen en schoonmaken. Ze voelde zich tevreden en ontspannen. Het was heerlijk als je werk lukte en ook gewaardeerd werd. De keukendeur ging open en ze vroeg zich toch wel een tikje geërgerd, maar ook geamuseerd af wie er nu weer het hart kwam luchten.

Het was Martine. Antoinette glimlachte.

'Dag mevrouw Van Leer.'

'Goedenavond Antoinette. Nog zo hard aan het werk?'

'Ja, dat hoort erbij, hè?

'Het was echt heerlijk. Ik heb nog nooit zo lekker gegeten met kerst.'

'Dat is fijn om te horen.'

Antoinette zette de schone koekenpan op de plank en pakte de braadslee. Ze begon hem onder de hete kraan te boenen en vroeg zich af waar het gesprek heen zou gaan. Daar had je het al.

'Jij kunt het goed vinden met mijn moeder, geloof ik?'

'Ja, dat gaat best.'

'Je bent al een paar keer op haar kamer geweest.'

'Dat klopt.'

'Mijn moeder is nogal slordig met haar juwelen.'

'Is dat zo?'

'Ja, die dure broche gooit ze zo in een open doosje op haar nacht-kastje. Heel onveilig.'

'Ach, het is haar eigen huis en u bent allemaal familie. Als ze hier haar spullen niet kan laten slingeren, waar dan wel?'

'Toch is het dom. Het kan voor sommige mensen lastig zijn de verleiding te weerstaan.'

Antoinette draaide zich om en keek Martine aan. Ineens besefte ze waar ze de vrouw van kende. En Jeroen kende ze ook. Hij was een van de oudere jongens van de groep waarmee ze destijds op-trok. Ze had niet veel contact met hem gehad, maar hij was ook bij die diefstal betrokken geweest. Ze had hem en zijn moeder tijdens de rechtszaak gezien.

Ze begreep wat Martine wilde insinueren, maar verdraaide de zaak en reageerde kalm: 'Ik denk dat sommige mensen nu vol-wassen zijn, een goed inkomen hebben en dus geen sieraden van hun grootmoeder hoeven te stelen.'

Martine siste kwaad: 'Hoe durf je!'

'Bedoelde u dat dan niet?' Antoinette keek de oudere vrouw uit-dagend aan.

'Dat weet je best. Jeroen was opstandig en heeft zich destijds in zijn bravoure laten meeslepen. Jij en de anderen hebben hem voor jullie karretje gespannen. Het rijkeluisjongetje draaide voor de rest op.'

'Dat is niet waar. Ik heb een behoorlijke taakstraf gekregen, omdat ik geen ouders had die mijn boete konden betalen.'

'Voor jou is het niet zo'n ramp. Er zijn vast wel meer keukenhulpjes met een strafblad. Maar voor Jeroen... We hebben het geheim weten te houden, zowel voor de buitenwereld als voor de familie. Het zou desastreus voor zijn positie in het bedrijf zijn als iemand het te weten kwam. En ik ben bang dat mijn moeder hem zou onterven.'

Antoinette trok haar wenkbrauwen op.

'Voor die ene kleine misstap in zijn jeugd? Dat lijkt me sterk.'

'Ik ben niet van plan het risico te lopen. Hij werkt al tien jaar in het management van het familiebedrijf en hij heeft nog steeds maar een miezerig beetje aandelen en een bescheiden salaris. Deze opgelegde familiegezelligheid was een uitgelezen kans om op mijn moeder in te praten en daar verandering in te brengen. En ik laat geen crimineel kokkinnetje roet in het eten gooien. Wees gewaarschuwd: het is heel gemakkelijk voor me om mijn moeders broche in jouw kamer 'kwijt te raken'.'

Antoinette zuchtte. Nog meer complicaties. Dat kon er ook nog wel bij.

'Ik verzeker u dat ik helemaal niet van plan ben met uw moeder over Jeroen te praten.'

Martine keek haar dreigend aan.

'Als je dat maar zo houdt!'

De keukendeur viel achter haar dicht en Antoinette liet zich op een keukenstoel vallen. Hoewel ze tijdens dit rare gesprek uiterlijk helemaal kalm gebleven was, voelde ze nu haar knieën knikken. Ze sloot haar ogen en probeerde tot rust te komen. Ze schrok op toen ze de keukendeur alweer open hoorde gaan.

'Heeft mijn moeder daarnet met jou gepraat?'

Antoinette keek Jeroen aan.

'Ja.'

'Waarover?'

'Dat weet je waarschijnlijk wel. Ze heeft gedreigd mij voor diefstal op te laten draaien als ik iemand, en speciaal je grootmoeder, iets vertel over ons piepkleine stukje gezamenlijk verleden.'

'Daar was ik al bang voor. Het spijt me.'

Antoinette trok haar wenkbrauwen op. Dat had ze niet verwacht.

'Ja, heus. Mijn moeder is geobsedeerd door mijn toekomst. Ik ben allang volwassen, maar ze denkt nog steeds dat ze me moet helpen hogerop te komen. Ik ben best tevreden met mijn plek in het familiebedrijf, het verdient goed en ik hoef er niet veel voor te doen, maar zij blijft zaniken over meer aandelen en een hoger salaris.'

'Tja. Moeders willen nu eenmaal altijd het beste voor hun kinderen.'

'Laat ze dan Vincent lastig vallen. Die leeft er maar op los en trekt zich nergens iets van aan. Het valt me al mee dat hij hier is, want hij komt zelden bij oma. Misschien hoopte hij op een leuke kerstgift.'

Antoinette ging hier maar niet op in.

'Dat viel dus tegen. Een miezerige stropdas en een armzalig fooitje. Amper genoeg om deze dagen te compenseren.'

Aangezien Emily het had gehad over belastingvrije bedragen, nam Antoinette aan dat dat armzalige fooitje toch ettelijke duizendjes besloeg. Dat was voor deze mensen de moeite niet waard, blijkbaar. Rare wereld was het toch. Ze dacht met genegenheid aan haar buurtjes, die zo bescheiden en tevreden leefden op hun AOW. Die haar, als ze eens wat eten kwam brengen, dat in het restaurant was overgebleven of de resultaten van een recept dat ze had uitgeprobeerd, zo hartgrondig bedankten dat ze er verlegen van werd.

Ze stond op en ging verder met schoonmaken.

Jeroen bleef bij de tafel staan.

'Wat heb je mijn moeder geantwoord?'

'Dat ik helemaal niet van plan was met iemand over jou te praten. Ik herinnerde het me trouwens pas toen zij daarnet in de keuken stond. Daarvoor had ik alleen een vaag gevoel van herkenning.'

'Ik schrok me rot toen ik je zag, ik herkende je aan dat rode haar van je. En ik was erg bang dat je iets zou zeggen. We hebben jou er grotendeels voor op laten draaien, tenslotte, terwijl je amper wist wat we gingen doen. Je was zo loyaal om op de uitkijk te gaan staan, maar normaal gesproken verdween je voor we rottigheid uithaalden.'

Ze haalde haar schouders op.

'Het is lang geleden en ik heb ervan geleerd. Het zou bijzonder onvolwassen zijn om nu nog wraak te willen nemen.'

'Zoiets zei ik ook al tegen mijn moeder. Je hebt zelfs tijdens die rechtszaak niemand verlinkt. En ik kan me herinneren dat je mij zelfs geholpen hebt, want je zei dat je niet wist of ik betrokken was bij andere diefstallen en vernielingen.'

'Dat was de waarheid. Ik was er zelden bij, dus ik wist toch niet wie er meedeed?'

'Maar je draaide er wel voor op. Jouw boete was een stuk hoger dan die van mij.'

'Ja, en ik had niemand die voor me betaalde, dus ik heb heel wat uren taakstraf moeten doen.'

'Wat voor taakstraf?'

Ze lachte.

'Graffiti verwijderen, zwerfvuil opruimen, plantsoenen wieden. Geen vervelend werk, trouwens.'

'Nou, ik moet er niet aan denken.'

'Het hield me van de straat en de vaste werktijden gaven structuur aan mijn leven. Ik stopte met spijbelen en had geen tijd meer om over straat te zwerven. Het pleeggezin waar ik geplaatst werd, was veel strenger dan het vorige, maar ik voelde me er thuis. Uiteindelijk is het allemaal goed afgelopen.'

'Mij hebben ze naar kostschool gestuurd. Dat was ook niet alles, maar ik had het er wel naar mijn zin. Ik was daar trouwens ook niet bepaald de braafste van de klas, maar ze hebben me nooit gepakt.'

En zo te zien was hij daar nog trots op ook. Antoinette vond hem een onvolwassen blaaskaak, maar ze bleef beheerst het fornuis poetsen.

Jeroen liep naar haar toe.

'Nou ja, in ieder geval. Het zou me verdraaid lastig uitkomen als oma of iemand van de directie zou horen over dat incidentje. Kan ik op je rekenen? For old times sake?'

Hij legde zijn hand onder haar kin, draaide haar gezicht naar hem toe en drukte zijn lippen op de hare.

'Dit wilde ik als achttienjarig knulletje al doen, maar je was het meisje van Bertus, dus dat liet ik wel uit mijn hoofd.'

Antoinette duwde hem van zich af.

'En nu ben je getrouwd.'

Hij stapte naar voren, zodat ze klem stond tegen het aanrecht en zoende haar nogmaals.

'Als je slim bent, houd je dit ook voor je. Mijn moeder is tot alles in staat!'

Antoinette bleef als verdoofd tegen het aanrecht staan. Pas een minuut later draaide ze zich om en begon ze werktuigelijk het aanrecht schoon te boenen. Haar hoofd bonsde.

'Ik pak mijn koffers en ik ga hier weg.' Ze zette extra kracht om een opgedroogde spetter saus weg te werken.

'Dat doe ik. Ik ga gewoon. Dan eten ze de rest van de week maar magnetronmaaltijden. Ik blijf hier niet langer. Ze zijn allemaal knettergek.'

'Wat sta jij in jezelf te praten?'

Ze zuchtte.

'Het is hier net de zoete inval.'

Vincent keek haar vragend aan.

'Hoe bedoel je?'

'Iedereen loopt hier in en uit, alsof ik een soort van praatpaal-functie vervul hier. En ondertussen moet ik ook mijn gewone werk nog doen.'

'Je bent chagrijnig. Dat ben ik niet van je gewend.'

'Ik ben ook maar een mens.'

'Dan heb ik iets waar je vast van opknapt. Alsjeblieft, een kerst-cadeautje.'

Hij stak haar een rode enveloppe toe. Die kwam haar bekend voor, de enveloppen die mevrouw Richardsen die middag uitge-deeld had, waren van hetzelfde donkerrode papier gemaakt.

'Het hoort eigenlijk niet, een cadeautje doorgeven, maar ik denk dat jij er blijer mee bent dan ik. Toe dan, maak maar open.'

Antoinette opende de enveloppe en haalde er tot haar verbazing een cheque van vijfduizend euro uit. Ze schudde haar hoofd.

'Dat kan ik niet aannemen.'

'Waarom niet? Jij kunt er dingen van kopen die je nodig hebt voor je bedrijf. Pannen, messen, pollepels, weet ik veel wat je allemaal gebruikt.'

'Ik heb niets nodig. Het is erg lief van je, maar ik hoef het niet. Geef het maar aan een goed doel, als je het zo graag weg wilt geven.'

'Jij bent mijn goede doel.'

Ze lachte, maar schudde haar hoofd.

'Nogmaals bedankt, maar nee, echt niet.'

Hij schudde zijn hoofd.

'Jij bent ook niet gemakkelijk tevreden te stellen. Ik dacht dat je dolblij zou zijn met zo'n geldbedrag. Zo'n vetpot zal het niet zijn, dat cateringgedoe.'

Ze keek hem minachtend aan.

'Hier spreekt dan toch het rijkeluisjongetje. Ik dacht dat jij anders was. Geloof me, ik red me prima met geld waar ik doodgewoon voor werk. Ik heb geen liefdadigheid nodig.'

Vincent keek beteuterd.

'Ik wilde je niet kwetsen, kleintje, het was goedbedoeld.'

Antoinette kreeg medelijden.

'Ik vind het ook lief van je, maar ik heb mijn trots.'

'Is dat geen misplaatste trots? Ik weet zeker dat je het goed kunt gebruiken.'

Ze schudde haar hoofd.

'Nogmaals: ik red me wel. Geef het maar aan een ander, of gebruik het zelf.'

Hij haalde zijn schouders op.

'Voor mij is het een druppel op de gloeiende plaat. Ik heb veel meer nodig dan dat. Alleen mijn appartement kost me maandelijks al het dubbele.'

'Daar kies je toch zelf voor? Je kunt ook bij mij in de buurt komen wonen. Daar staan altijd woningen leeg. Het is geen beste wijk, maar de huur ligt dus ook laag. Als je geldproblemen hebt, moet je beginnen met dingen schrappen. Wil je dat ik je help? Ik heb ervaring genoeg met dubbeltjes omdraaien en dat soort dingen.'

Vincent schudde zijn hoofd en glimlachte.

'Waren het maar dubbeltjes. Zelfs jij kunt dit niet oplossen, kerstengeltje. Hier helpt geen glühwein, kerstboomversiering of antieke quilt bij.'

Ze zuchtte en pakte de dweil.

'Goed, dan. Ik moet de vloer doen. Je mag kiezen, op de tafel gaan zitten met je benen omhoog, of mijn keuken uit.'

Hij grinnikte.

'Dan ga ik maar, dat lijkt me comfortabeler. Kom je straks nog wat drinken? Ik denk werkelijk niet dat grootma daar iets op tegen zou hebben.'

Ze schudde haar hoofd.

'Ik ben moe. Als ik hier klaar ben, ga ik slapen.'

Ze spoelde net de dweil uit toen Vincent terugkwam.

'Ja, sorry, ben ik weer. Grootma gaat naar bed en ze vroeg of je haar nog zo'n lekkere groc wilt brengen.'

Antoinette knikte.

'Dat is goed. Ik zal het direct klaarmaken.'

Dat komt ervan, An, vertelde ze zichzelf. Dat krijg je als je mensen wilt verwennen. Dan sta je na een doodvermoeiende dag weer groc klaar te maken in plaats van eindelijk je bed in te mogen rollen. Nou ja, zoveel werk was het niet.

Korte tijd later bracht ze de warme drank naar boven. Ze klopte aan. Mevrouw Richardsen zat rechtop in bed.

'Fijn, dank je wel. Ik heb er gisteren heerlijk op geslapen, dat wilde ik nog een keer proberen.'

Ze wees gebiedend op de leunstoel naast het bed.

'Ga zitten, kind. Ik wil met je praten.'

Antoinette kon moeilijk weigeren en ging gehoorzaam zitten. Ze keek de oude dame afwachtend aan.

'Wat vind jij van dit huis?'

Die vraag had Antoinette niet verwacht.

'Ik vind het mooi. Misschien iets te overdadig gedecoreerd om echt bewoonbaar te zijn, maar dat zijn details. Het is duidelijk met heel veel liefde gerestaureerd.'

'Wat zou jij met een huis als dit doen?'

Antoinette lachte.

'Dat is wel een beetje heel hoog gegrepen.'

'Je weet nooit. Stel dat je het zomaar in de schoot geworpen kreeg. Wat zou je er dan mee doen?'

'Ik denk dat ik een restaurant zou beginnen. En dan zou ik eventueel een paar kamers aan gasten verhuren. Maar als ik de juiste man tegenkwam zou ik er ook een heerlijk gezinshuis van kunnen maken.'

Emily glimlachte en nam een paar slokjes. Ze keek Antoinette peinzend aan en vroeg toen: 'Jij hebt ons nu een paar dagen meegemaakt. Ik weet dat je erg slim bent en een hoop mensenkennis hebt. Wat vind jij van mijn familie?'

'Wat kan ik daar na zo'n korte tijd nu van zeggen? Iedere familie heeft zo zijn eigenaardigheden.'

Emily leek even over dat antwoord na te denken. Weer viel het Antoinette op dat ze minder scherp van geest leek dan tijdens de gesprekken die ze voor deze vakantie met haar had gehad. Maar dat waren zakelijke ontmoetingen van nog geen uur geweest. Dat stond natuurlijk in geen verhouding tot gesprekken in de slaapkamer na een vermoeiende dag.

'Ik denk dat je meer denkt dan je zegt. Maar dat siert je. Laat ik het anders vragen. Wie van het stel vind je het aardigst?'

'Vincent.'

'Ja, vrijgezel, leuk om te zien. Dat had ik kunnen verwachten.' Antoinette lachte.

'Niet op die manier. Hij flirt wel, maar dat is spel. Ik denk dat hij dat doet om onzekerheid te verbergen.'

'Onzekerheid? Vincent?'

'Ja, toch wel.'

De oude vrouw keek haar oplettend aan.

'Misschien vind je me een bemoeial, maar ik vind toch dat ik je moet waarschuwen. Vincent heeft behoorlijke geldproblemen. Ik weet niet hoe dat komt. Lisanne beweerde dat hij gokverslaafd is, maar dat betwijfel ik eigenlijk.'

Antoinette antwoordde bedachtzaam: 'Ik ook. Maar ik wist het al, hij heeft het zelf toegegeven. Maar hij wil mij ook niet vertellen hoe dat komt. Ik hoop maar dat er iemand is die hij kan en wil vertrouwen.'

Emily zuchtte.

'Vincent heeft het voortdurend aan de stok met mijn andere kleinkinderen. En ik geloof ook niet dat hij het erg goed met zijn moeder kan vinden. Bij haar draait alles om Jeroen.'

Antoinette knikte, maar zei niets. Mevrouw Richardsen vervolgde, half in gedachten: 'Martine had gehoopt dat Simon een belangrijk aandeel in de zaak kon krijgen. Mijn man had het niet op vrouwen in het bedrijfsleven, dus rechtstreeks lukte het haar niet. Maar Simon was totaal niet geïnteresseerd in ons werk. Het is een aardige jongen, maar verstand van zaken heeft hij niet. Toen dat duidelijk werd, heeft Martine zich op haar zoons gericht. Vincent onttrok zich er al snel aan, maar Jeroen was blijkbaar na zijn kostschooltijd beter te kneden. En nu heeft ze via hem toch nog iets van het bedrijf van haar vader in handen. Het is eigenlijk jammer dat Johan er zo over dacht. Want Martine is meer geschikt voor het zakenleven dan Frederik. Maar ja, het waren andere tijden. Johan zou het ook niet goedgevonden hebben dat ik me nog steeds met de zaak bemoei.'

Emily nam nog een paar slokjes van de groc en vroeg: 'Denk jij dat ik te oud word voor zaken? Ik heb nog steeds de meerderheid. Johan had vast gedacht dat ik zijn aandelen over de kinderen zou verdelen, maar dat heb ik niet gedaan. Ik had al die jaren van de zijlijn toegekeken en wist heel goed wat ik deed. Maar nu vraag ik me wel eens af in hoeverre een kleine onderneming als het onze nog bestaansrecht heeft. Ik zou het zo erg vinden als het mis ging, als het levenswerk van mijn man zou verdwijnen doordat ik er niet voor zorg.'

Ze bleef even stil voor zich uit staren. Antoinette wist niet goed wat ze moest zeggen. Dit was alweer zo'n gesprek dat veel te diep inging op zaken waar ze niets mee te maken had. Aarzelend zei ze: 'Mijn oma zei altijd: om iemand waar je van houdt vast te houden, moet je hem of haar loslaten. Misschien geldt dat ook voor een bedrijf.'

Emily knikte, maar zei niets. Antoinette bleef zwijgend afwachten tot mevrouw Richardsen verder praatte.

'Verveel ik je? Het spijt me. Je bent een goede luisteraar. Heel prettig is dat. Dat kom je niet vaak meer tegen. Daarom vroeg ik je ook wat je van mijn familie vindt. Jij ziet meer dan ik.'

Dat was waar, maar Antoinette kon het niet over haar hart verkrijgen om de oude dame te vertellen dat haar familie, inclusief Vincent, als een stel aasgieren op haar geld zat te wachten.

Tactvol zei ze: 'Met een beetje sturing gaat het best goed allemaal. Dat heeft u toch gezien? Geen enkele familie is volkomen harmonieus, dat bestaat alleen maar in sentimentele Amerikaanse films.'

Emily lachte.

'Je zult wel gelijk hebben. Ik verbeeld me van alles.'

Ze dronk het glas leeg en gaf het aan Antoinette.

'Dank je wel. Dat was erg lekker.'

'Geen dank, hoor. Kan ik nog iets voor u doen?'

Mevrouw Richardsen schudde haar hoofd, maar bedacht zich.

'Ja toch. Wil je mijn broche voor me opruimen? Ik heb vandaag maar weer gemerkt dat ik er veel te slordig mee ben. Er staat een sieradenkistje in de kleedkamer.'

Antoinette liep het kamertje binnen en zag een mooi bewerkt houten kistje met een zilveren slot. Ze pakte het op en zette het op het bed.

'Het sleuteltje ligt onder het kleedje van de toilettafel.'

Antoinette vond het sleuteltje en opende het kistje om de broche erin te leggen. Ze had het deksel alweer dicht gedaan, toen Emily constateerde: 'Het interesseert je echt niet.'

'Wat bedoelt u?'

'Mijn dochter en kleindochters werpen altijd van die begerige blikken op de inhoud van mijn sieradenkist. Jij keek niet eens.'

'Waarom zou ik? Wat Ronald u ook wijsgemaakt heeft, ik ben geen dief en ik leid ook niet aan hebberigheid of jaloezie. Ik draag het medaillon van mijn grootmoeder, daar heb ik herinneringen aan, maar verder doet dat spul me niets.'

'Niet boos worden, ik geloof je. Ik zou je niet hebben laten zien waar alles lag als ik je niet vertrouwde, niet waar?'

Antoinette glimlachte.

'Dat is waar.'

Ze stond op, zette de kist terug op zijn plaats en schoof het sleuteltje weer onder het kleedje.

'Zo, veilig opgeborgen.'

Ze zag dat Emily was gaan liggen en al bijna sliep. Antoinette pakte het dienblaadje met het grocglas van het nachtkastje.

'Welterusten, mevrouw.'

Ze kreeg al geen antwoord meer. Voorzichtig trok ze de dekens, die waren weggegleden, recht. Daarna deed ze het licht uit en trok de deur dicht.

Antoinette schrok toen ze buiten de deur tegen een gestalte opliep. Het was Frederik.

'Oh, was jij bij mijn moeder?'

'Ja, meneer Richardsen. Ze wilde graag een glas groc, daar slaapt ze goed op.'

'Is ze nog wakker?'

'Nee, ze heeft even met me gepraat en viel toen in slaap. Ik denk dat deze dagen erg vermoeiend voor haar zijn.'

Hij keek peinzend naar de deur en zei afwezig: 'Ja, dat zal wel. Ik weet het niet.'

Zonder verder acht op haar te slaan opende hij toch de deur van zijn moeders slaapkamer. Antoinette haalde haar schouders op. Ze had toch gezegd dat Emily al sliep? Dan moest hij het zelf maar weten.

Ze bracht snel het glas beneden. Inmiddels was het twaalf uur en op Ronald en Vincent na, was iedereen naar zijn kamer vertrokken. De twee mannen zaten in de bibliotheek te praten. In het voorbijgaan zag ze dat de huiskamer een puinhoop was. Overal stond nog afwas. Eigenlijk ruimde mevrouw Dijksma de kamer op, 's ochtends vroeg, maar Antoinette wist dat de oudere vrouw haar taak nauwelijks aan kon. Zelf was ze ook wel moe en ze wist dat ze niet te veel van zichzelf moest vergen, anders zat ze straks met de brokken. Maar ze wist ook dat ze het, met wat moeite, wel vol hield tot twee januari en daarna zag ze wel weer. Dus haalde ze een groter dienblad uit de keuken en begon de vuile glazen en kopjes bij elkaar te zoeken. In de keuken was de vaatwasser inmiddels klaar met de borden en schalen van het diner, dus ruimde ze het apparaat leeg en vulde hem weer. Dat scheelde morgen tenslotte ook weer tijd. Ze liep terug naar de huiskamer, nam de tafels en het dressoir af met een vochtige doek, zette stoelen recht en legde de kussens die door de opgewonden kinderen door de hele kamer verspreid waren, terug op de juiste banken.

'Ben je nou nog aan het werk?'

Ronald hield haar tegen toen ze met een verdwaald wijnglas naar de keuken wilde lopen.

'Ik ben nu klaar.'

'Kom even bij me zitten. Het vuur in de bibliotheek brandt nog. Je hebt wel wat ontspanning verdiend.'

'Als ik weer thuis ben. Ik moet nu echt naar bed, anders red ik het niet.'

Ronald zuchtte.

'Je hebt voor iedereen tijd, behalve voor mij.'

'Doe niet zo slachtofferig, je hebt zeker teveel whisky gedronken. Ik heb het al vaker gezegd: kom me maar opzoeken als ik weer thuis ben, dan heb ik alle tijd voor je.'

'Je hebt gelijk. Sorry. Mag ik met je meelopen naar boven?'

'Dat kan ik je niet verbieden. Ik moet alleen dit glas nog even wegbrengen.'

Samen liepen ze de trap op. Bij haar kamerdeur bleef hij staan.

'Wat wilde Emily van je?'

'Groc. En een praatje.'

'Waarover?'

'Ze wilde weten hoe ik de familie vond.'

'En wat heb je gezegd?'

'Ik heb er een tactvolle draai aangegeven.'

Het was donker, maar ze hoorde hem grinniken.

'Heel verstandig.'

'Welterusten, Ronald.'

'Slaap lekker, An.'

Ze deed de deur dicht en bleef even verwonderd luisteren. Hoorde ze hem nu zachtjes zeggen: 'Ik hou van je' of verbeeldde ze zich dat maar? Ze haalde haar schouders op. Zelfs als ze zich niets verbeeldde, had het geen zin. Al zou ze er wat voor over hebben om op dit moment zijn sterke armen om haar heen te voelen. Haar impuls van eerder die avond, om gewoon haar koffer te pakken en weg te gaan, was verdwenen. Ze wilde het volhouden, voor Emily. Maar ze voelde zich wel heel erg eenzaam. Niemand bij wie ze haar verhaal kwijt kon, niemand die onvoorwaardelijk aan haar kant stond...

Ze probeerde te gaan slapen, maar ze bleef woelen en malen. Gek genoeg niet over alle toestanden in het huis, maar over het verleden. Over de ruzies tussen Ronald en haar, gedurende hun huwelijksjaren. Ze herleefde iedere beschuldiging, elk misverstand, al het onbegrip. Ze overwoog steeds opnieuw of ze dingen anders aan had kunnen pakken, maar ze bleef op hetzelfde probleem uitkomen. Hij vertrouwde haar niet en niets wat ze had kunnen zeggen of doen, zou dat veranderd hebben. En ze kon maar niet bedenken of dat nu anders was. De manier waarop hij haar behandeld had toen de broche kwijt was, leek toch erg op wat er vroeger regelmatig gebeurde. Altijd die veronderstelling dat ze terug zou vallen in wat hij dacht dat haar oude gewoontes waren. Hij had altijd aangenomen dat ze destijds echt op het slechte pad was geraakt, terwijl ze vooral een eenzame puber was geweest. Eigenlijk kende hij haar helemaal niet. Hadden ze ooit wel eens echt gepraat over dit soort dingen?

Weer ging ze in gedachten alle ruzies, alle gesprekken na. Verwijten, ontkenning, nog meer verwijten. Er was helemaal niets meer dan dat. Ze probeerde zich te herinneren waarom ze getrouwd waren. Er moest toch iets zijn geweest?

Zij was jong, onzeker en eenzaam geweest. En hij had vanaf het begin een beschermende rol aangenomen. Toen al. Het domme kleine meisje dat behoed moest worden voor nog meer misstappen. Was er ooit sprake geweest van wederzijds respect? Van een gelijkwaardige relatie? En zouden ze dat nu nog op kunnen bouwen? Ze betwijfelde het. Hij deed het nog steeds. Beschermen en tegelijkertijd veroordelen zonder de feiten te kennen. En dan bleef nog de vraag waarom hij nooit zelf contact opgenomen had. Pas nu ze elkaar toevallig tegen waren gekomen, maakte hij werk van haar. Dat klopte toch ook niet. Dat was geen liefde, dat was... schuldgevoel? Of iets anders?

Tegen de ochtend viel ze pas in slaap.

HOOFDSTUK 8

Ze werd wakker omdat er iemand op haar deur klopte.

'Antoinette? Ben je al wakker?'

Met een schok herkende ze mevrouw Dijksma's stem. Antoinette wierp een blik op de wekker en zag dat ze zich verslapen had. Het was halfacht, ze had nog maar een half uur voor het ontbijt en ze werd geacht mevrouw Richardsen nu direct thee te brengen.

'Ja, ik ben wakker, ik heb me verslapen. Ik kom eraan!' riep ze terug.

Razendsnel kleedde ze zich aan. Gehaast rende ze de keuken in, zette in vliegende vaart theewater op en vulde het koffiezetapparaat. Ze schoof croissants in de oven en rende naar de eetzaal om daar de tafel te dekken.

Terwijl ze weer terugspurtte om het brood en het beleg te halen, botste ze tegen Jeroen op.

'Sorry, ik ben bijna klaar met het ontbijt.'

'Het is nog geen acht uur. Zeg, was jij gisteren alweer bij oma?'

Antoinette zuchtte.

'Ik heb echt geen tijd voor dit soort discussies. Ik heb haar groc gebracht en ik heb nergens over gepraat.'

Ze rende verder, schoof jam, vlees en kaas op een dienblad, haalde de croissants uit de oven en schoof er chocoladebroodjes in.

'Oh nee, ik vergeet de eieren!'

Snel legde ze vijftien eieren in de pan, legde er één apart voor Lisanne en zette de pan alvast op. Die moest ze dan wel in de gaten houden, maar ze haastte zich eerst nog twee keer heen en weer met broodmandjes en beleg.

Het was vijf over acht toen ze de eieren behoedzaam binnenbracht. Vijftien dopjes met keurige vilten mutsjes, een vondst van Jacob. Het zestiende ei lag in de pan. Ze zette de eieren neer en liep nog een laatste keer teug om Lisannes ei te halen. Toen ze terugkwam, zag ze dat ze net op tijd was. Jeroen, Charlotte en Roosje zaten inmiddels aan tafel en ook Lisanne, Tom en de jongens waren beneden. Jacob zat al met een kop koffie voor zich met Corinne te praten en Martine en Simon stonden bij het buffet.

Gelukt. Nu Emily haar ontbijt nog brengen. Ze zette een glas thee, een bordje met een croissant en een ei op een dienblad en haastte zich naar boven.

Ze klopte aan en toen er geen reactie kwam, liep ze voorzichtig naar binnen.

'U slaapt wel erg goed op de groc. Het spijt me, ik had me ook verslapen, dus ik ben een beetje laat.'

Er kwam geen reactie uit het bed en even bleef Antoinette besluiteloos staan. Emily had haar duidelijk te verstaan gegeven dat ze op tijd wenste te ontbijten. Maar moest ze haar dan nu wakker maken of gewoon laten liggen? Ze besloot het schemerlampje aan te zetten. Misschien dat mevrouw Richardsen daardoor op een rustige manier wakker werd.

Het zachte licht viel precies op het bed. Nog steeds geen beweging. Antoinette beet op haar lip, ze zou toch niet... Ze boog zich over de oude vrouw heen. Nee, ze hoorde haar ademen.

Ze aarzelde, maar besloot toen eerst maar terug naar beneden te gaan. Ze haalde in de keuken verse koffie en zette theewater op. Daarna haastte ze zich naar de eetkamer.

Simon stond bij het buffet.

'Ah, daar ben je. We vroegen ons al af of er nog koffie was.'

'Het spijt me. Ik had me verslapen, het is gisteren erg laat geworden.'

'Waar was je daarnet? Ik heb in de keuken gekeken, maar daar was je niet.' Martine keek haar dreigend aan.

'Ik bracht uw moeder haar ontbijt, zoals iedere ochtend. Ook al veel te laat, maar ze sliep nog.'

Frederik stond op.

'Sliep ze nog?'

Antoinette knikte.

'Ja, maar het was natuurlijk al laat toen ik bij haar wegging. Als u daarna nog met haar gesproken heeft, is het niet zo gek dat ze nu wat langer slaapt.'

Martine wierp nog een dreigende blik op Antoinette en wendde zich daarna tot haar broer.

'Ben jij gisteravond laat bij haar geweest, Freek?'

'Ja. Mag ik niet met mijn eigen moeder praten?'

'Wat heb je...' Martine zweeg plotseling alsof ze ineens besefte dat er nog meer mensen in de eetkamer waren.

'Laat maar. We praten er straks wel over.'

Jacob zat belangstellend naar het tweetal te kijken. Hij knipoogde naar Antoinette.

'Leuk hè? Broer en zus.'

Antoinette grijnsde, maar begon zwijgend de borden van degenen die al klaar waren met eten op te stapelen.

Jacob schoof zijn stoel achteruit.

'Ik ben ook klaar. Haal maar weg. Zal ik je helpen?'

Antoinette schudde haar hoofd.

'Welnee, dat is niet nodig.'

Maar Jacob nam zijn eigen kop en schotel in zijn hand, trok die van Simon weg, nog voor dat die hem neerzette en volgde haar naar de keuken.

'Ik moet met je praten.'

Antoinette zuchtte.

'Ik blijf voortdurend zeggen dat ik daar geen tijd voor heb, maar het schijnt tot niemand door te dringen dat ik hier een hoop werk te doen heb.'

Jacob lachte.

'Beetje lichtgeraakt?'

'Slecht geslapen, op een vervelende manier wakker geworden en nogmaals: geen tijd. Ik moet naar boven, de thee van mevrouw Richardsen zal nu wel koud zijn. Als ze wakker is, moet ik nieuwe halen.'

'Wacht heel even.'

Het viel Antoinette ineens op dat hij zijn overdreven maniertjes en zijn lichte accent had laten varen. Als hij niet nog steeds zeer excentriek gekleed was, een felblauw fluwelen pak vandaag, zou hij er serieus en intelligent hebben uitgezien.

Ze keek hem afwachtend aan.

'Je bent erg slim, Antoinette, maar ik wil je waarschuwen. Deze familie is niet zo onschuldig als het lijkt.'

Ze zuchtte.

'Daar ben ik al achter.'

'Je weet de helft nog niet. Ik ben particulier onderzoeker, of populair gezegd: privé detective. Mevrouw Richardsen heeft mij gevraagd deze dagen met haar familie door te brengen, omdat zij het gevoel heeft dat er dingen niet kloppen.'

Antoinette fronste.

'Wat dan?'

'Daar probeer ik dus achter te komen. Ik heb gemerkt dat jij nogal veel contact hebt met de familie.'

'Eigenlijk zij met mij. Om de één of andere reden komen ze allemaal in de keuken hun hart uitstorten. Heel vermoeiend.'

'Ik weet dat je het druk hebt, maar ik zou het op prijs stellen als je dat toeliet. Laat ze maar praten en laat het mij weten als er vreemde dingen opduiken.'

'Dat is goed.'

'Nog één ding: wat is er tussen Ronald en jou?'

'We zijn getrouwd geweest en er is veel onuitgesproken ellende. Ik wil hem negeren, maar Ronald...'

'Pas ook op met hem. Hij is erg betrokken bij de familie.'

Antoinette keek hem verbaasd aan. Ondanks hun persoonlijke problemen had ze gedacht dat ze juist Ronald als enige hier kon vertrouwen.

Jacob legde zijn hand op haar schouder.

'Blijf je verstand gebruiken, meisje.'

Hij liet haar verbijsterd achter. Hoewel ze in deze paar dagen wel geconcludeerd had dat er rare onderstromen in deze familie waren, had ze het allemaal niet zo vreselijk ernstig opgenomen. Ze had hen gezien als hebberige maar onschuldige rijkelui. Zelfs Jeroen en zijn moeder nam ze niet honderd procent serieus.

Jacob deed het echter voorkomen alsof sommigen van de aanwezigen tot heel erge dingen in staat waren.

Ineens moest Antoinette denken aan Vincents losse opmerking over moord. Ze schudde haar hoofd. Dat gebeurde alleen in boeken. En Ronald? Wat kon die er mee te maken hebben?

Het werd steeds ingewikkelder.

Ze draaide zich met een ruk om naar het aanrecht. Ze had het deze dagen al vaak geroepen: ze had helemaal geen tijd voor dit soort dingen. Haar schema liep vandaag toch al vreselijk in de soep.

Mevrouw Dijksma kwam de keuken binnen. Ze droeg het dienblad met Emily's ontbijt.

'Mevrouw is wakker. Ze zou graag een vers kopje thee willen.'

Antoinette knikte.

'Komt eraan. Het gaat vandaag allemaal wat minder soepel.'

De huishoudster ging puffend op een stoel zitten.

'Vertel mij wat... Ik weet niet wat er met me aan de hand is, maar ik ben zo langzaam als een slak.'

Antoinette schoof een kopje koffie naar haar toe.

'Rust even uit. Als het nodig is help ik u straks wel met de badkamers.'

'Och kind, jij hebt het al zo druk. Maar ik wil wel een paar minuutjes zitten. Dat moet dan maar. Het gaat even niet meer.'

'Dat is goed. Ik ben zo terug. Even de thee boven brengen.'

Ze haastte zich naar boven, maar nam toen gas terug. Als ze zo bleef rennen, hield ze het zeker niet vol. Ze kon beter wat kalmer aan doen.

Rustig ging ze de kamer van mevrouw Richardsen binnen.

'Goedemorgen.'

'Goedemorgen, Antoinette.'

'U heeft goed geslapen, hè?'

'Ja. Ik voel me ook lekker uitgerust, minder moe dan gisteren.'

'Dat is fijn.'

Ze zette de thee op het nachtkastje.

'Kan ik verder nog iets voor u doen?'

'Nee, hoor. Gaat het wel goed met je? Je ziet er zo verwilderd uit.'

'Ik heb me verslapen en ik loop de hele tijd te rennen om mijn tijd in te halen.'

'Och, wat vervelend. Maar maak je niet druk, dan drinken we wat later koffie. Dat is echt niet zo'n ramp.'

'Dank u. Maar het is erg dom van me. Ik wil mijn werk goed doen.'

'Je doet je werk goed. En je doet nog zoveel meer. Ik kan me best voorstellen dat je erg moe bent.'

'Het gaat wel.'

Antoinette vond het niet nodig haar werkgeefster te vertellen hoe moe ze eigenlijk was en zei vrolijk: 'Ik ga snel weer verder, anders krijgt u helemaal geen koffie voor de lunch.'

In de keuken vond ze mevrouw Dijksma. Het arme mens was in slaap gevallen op de keukenstoel. Antoinette fronste. Dat was toch ook niet normaal.

Ze besloot de huishoudster maar even te laten slapen.

Snel ruimde ze de eetkamer op en zette alvast koffie. Ze had geen tijd meer om verse koekjes te bakken, maar er was nog meer dan genoeg over van de dag ervoor. Ze rangschikte de kransjes, schuimpjes en stukjes boterkrans netjes op een schaal.

Dat scheelde een hoop tijd. Ze besloot dan toch maar even bij te springen bij het schoonmaken van de badkamers. Ondanks dat ze gewoon heen en weer liep en niet overdreven zachtjes deed, werd mevrouw Dijksma niet wakker.

Antoinette droeg net een emmer water de bijkeuken uit, toen ze Ronald tegenkwam in de gang.

'Wat doe jij nou?'

'Ik help mevrouw Dijksma met de badkamers.'

Ze liep direct verder, maar Ronald volgde haar.

'Waarom?'

'Omdat ze doodmoe is.'

'En jij niet?'

'Niet zo moe dat ik op een keukenstoel in slaap val.'

'Is het zo erg?'

'Ja, heel vreemd. Ze is niet bewusteloos of zoiets, hoor, dat heb ik gecontroleerd. Ze slaapt echt. En diep ook.'

Ze liet Ronald achter in de gang en begon met het schoonmaken van de badkamer die bij de kamer van Lisanne, Tom en de jongens hoorde.

Wat een bende! Ze was van plan geweest de boel met de Franse slag aan te pakken, maar dat ging hier niet. Met een zucht begon ze de handdoeken die verspreid lagen op te rapen. Kammen, borstels, make-up, potjes crème en tandenborstels, alles lag door elkaar op de grond, in het bad en op de wastafel.

Antoinette was al tien minuten bezig met opruimen alleen. Daarna haalde ze snel een doekje over de wastafel en het bad, dweilde de vloer en sopte het toilet. Ze maakte de slordig opengegooide bedden op en liep toen naar de volgende kamer. Vincent was tot haar opluchting erg netjes, daar was ze zo klaar. Bij Jeroen, Charlotte en Roosje viel het ook mee, maar ze was toch wel even bezig. Ondertussen hield ze haar horloge in de gaten.

Ze was net klaar met de bovenste verdieping toen het tijd was voor de koffie. Gehaast liep ze naar de keuken om de thermoskannen te vullen en naar de huiskamer te brengen. Ronald zat naast mevrouw Dijksma, die inmiddels wakker was.

Antoinette glimlachte: 'Bent u een beetje uitgerust? U was zeker erg moe.'

Mevrouw Dijksma fronste.

'Eigenlijk niet. Zo gek. Ik voelde me ineens raar, een beetje licht in mijn hoofd, slaperig. Daar heb ik anders nooit last van. Als ik oververmoeid ben krijg ik hoofdpijn. Maar zomaar in slaap vallen is nieuw voor me.'

Antoinette schonk de koffie in de thermoskannen en gaf Ronald en de huishoudster alvast een kop.

'Ik breng dit even weg. Blijft u maar rust zitten. Ik heb de drie kamers op de tweede verdieping al gedaan en ik help u straks met wel even met de rest.'

'Dat is lief van je kind, maar ik kan de rest zelf wel. Jij kunt mijn werk er echt niet bij hebben.'

Antoinette gaf geen antwoord, ze was al onderweg naar de zitkamer. Daar zette ze snel de spullen voor de koffie klaar. Ze was maar vijf minuten te laat, constateerde ze. Dat viel mee.

Martine keek echter knorrig op van het tijdschrift waarin ze zat te bladeren.

'Je wordt slordig. Het is al tien uur geweest. Je moet niet denken dat je er met de pet naar kunt gaan gooien omdat je toevallig goed met mijn moeder overweg kan. Het is niet de bedoeling dat je daar misbruik van maakt.'

Antoinette zag uit haar ooghoeken dat Vincent overeind kwam en iets wilde zeggen, maar ze was hem voor.

'Het spijt me, dat was ook niet de bedoeling. Het zal niet meer gebeuren.'

Vincent liep met haar mee de kamer uit.

'Wat doe jij onderdanig. Geef dat mens een snauw terug.'

'Ten eerste is dat mens jouw moeder en de dochter van mijn werkgeefster. En ten tweede had ze gelijk, ik was te laat. En ten derde is dit gemakkelijker, ik ben te moe om ruzie te maken.'

Ze liet hem zonder plichtplegingen staan en liep de keuken weer binnen, waar mevrouw Dijksma net de koffiekopjes bij elkaar schoof.

'Ik ga maar eens aan het werk. Ik voel me wel weer wat beter.'

'Echt waar? Als het niet gaat...'

'Het lukt wel, kind. Ik denk dat ik gewoon te oud word voor deze hoeveelheid werk.'

Antoinette fronste.

Gisteren Emily, nu mevrouw Dijksma. Ze vermoedde dat het toch eerder een raar virusje was, dan plotseling toeslaande ouderdom.

Maar dan was het toch raar dat alleen deze twee vrouwen er last van hadden. Of zouden er straks nog meer mensen ziek worden?

HOOFDSTUK 9

Het weer was aardig opgeknapt. Het was koud, maar zonnig. Na de lunch maakten alle gasten zich klaar om een rit te maken met speciaal daarvoor gehuurde koetsen die getrokken werden door de prachtige paarden van een nabij gelegen stoeterij. Vincent en Ronald hadden dit geregeld op verzoek van mevrouw Richardsen, die erop stond om zelf ook mee te gaan. Dik aangekleed en in drie dekens en de antieke quilt ingestopt, zat ze trots in de voorste koets, met Vincent naast haar en Corinne tegenover zich. De andere familieleden waren verdeeld over de vier koetsen die volgden. De tocht zou twee uur duren en Antoinette beloofde te zorgen dat er bij thuiskomst warme chocolademelk, koffie en thee klaar zou staan.

Neuriënd stond ze even later in de keuken deeg te kneden om speculaas te bakken. De stress van die ochtend was al weer verdwenen, ze had de verloren tijd ingehaald en kon nu op haar gemak het diner voorbereiden. Daar was ze tenslotte voor aangenomen. Ze zou dit werk gemakkelijk aan kunnen als ze niet zo vaak bij allerlei bijzaken betrokken zou worden.

Toen ze Ronald zag binnenkomen onderdrukte ze een grijns. Daar had je één van de andere bijzaken. Al zou hij woedend zijn als ze hem zo noemde.

'Ben jij niet meegegaan?'

'Zoals je ziet. Ik hoopte je eindelijk eens te spreken te krijgen zonder onderbrekingen.'

Antoinette zuchtte diep.

'Daar gaan we weer. Hoe veel varianten op dit gesprek moeten we voeren voor je begrijpt dat ik daar geen behoefte aan heb?'

Hij keek haar kwaad aan.

'Je praat met iedereen, maar voor mij heb je nooit tijd. Je behandelt me als een willekeurige kennis, terwijl ik wel toch meer ben dan dat. Heb je zoveel reden om boos op me te zijn?'

Hij begreep het echt niet. Antoinette beet hard op haar lip om de tranen die in haar ogen opwelden terug te dringen. Ze draaide haar gezicht van hem af en rolde zorgvuldig het deeg uit. Daarna sneed ze het in de juiste vorm en schoof het bakblik in de oven. Ronald stond nog steeds zwijgend bij de deur.

Ze nam een besluit en trok twee keukenstoelen onder de tafel vandaan en ging op één ervan zitten. Na een korte aarzeling nam hij de tweede stoel.

Antoinette keek Ronald aan.

'Jij wint. Waar wil je over praten?'

'Dat weet je. Over ons.'

'Het is zo zinloos...'

'Je geeft me geen kans.'

'Dat is dan wederzijds, hè?'

'Toe An, ik begrijp je niet. Dit is zonde van de tijd. En ik weet best dat je het druk hebt.'

Ze dacht even na.

'Goed dan. Er is wel iets dat ik me afvraag. Waarom nu? Waarom is het nu zo belangrijk voor je dat ik met je praat en nadenk over onze problemen, terwijl je vijf jaar lang helemaal niets van je hebt laten horen? Als we elkaar hier niet toevallig waren tegengekomen, had je dan wel contact opgenomen? Dat betwijfel ik namelijk.'

Hij zuchtte.

'Om eerlijk te zijn: ik denk het niet. Ik ben geïnteresseerd in de vrouw die je nu bent, die ik hier heb leren kennen. Daarom wil ik het verleden uitpraten, om verder te kunnen met de Antoinette van nu. Maar ik denk niet dat ik dat gedaan zou hebben zonder deze ontmoeting. Mijn herinnering aan jou, het beeld dat ik van je had was nogal negatief. De ruzies, de verwijten, het feit dat je zelfs mij, je echtgenoot, niet in vertrouwen wilde nemen toen je problemen kreeg. De liefde was zo goed als verdwenen toen het tot een echte breuk kwam.'

'Ik betwijfel of er liefde was toen we trouwden. Bij mij niet.'

Antoinette wist dat ze genadeloos hard was, maar hij had er immers zelf om gevraagd.

Gekwetst vroeg hij: 'Wat was het dan? Was je zelfs niet eens verliefd op me? Was het alleen maar berekening?'

Ze schudde haar hoofd.

'Nee, dat niet. Ik was al verliefd op je toen jij zestien was en ik een uk van acht.'

'Dat kan geen verliefdheid zijn.'

'Noem het hoe je wilt. Jij was de grote broer van mijn vriendin en ik had een enorm zwak voor je. Zelf had ik geen enkel mannelijk familielid, weet je nog? Geen vader, geen opa, geen ooms en geen broer. Het zal best meer een verlangen naar een vaderfiguur geweest zijn, dan echte verliefdheid, zeker op die leeftijd. Maar ik stuurde het altijd zo dat we bij haar speelden als ik wist dat jij thuis was. Toen je ging studeren deed ik mijn best om de weekenden dat jij thuis was 'spontaan' bij Linda langs te komen. Dat stopte pas toen Lin en ik naar verschillende middelbare scholen gingen, mijn moeder overleed en ik me aansloot bij die groep van Bertus. Nadat ik daarmee gebroken had en mijn leven weer een beetje bij elkaar had geraapt, was jij voor mij de prins op het witte paard. Ik had een soort ideaalbeeld van je, als houvast naar een normaal leven. Jij was in het buitenland en onbereikbaar, maar geen enkele jongen was goed genoeg in mijn ogen. Linda wist dat en ze vond het wel grappig. Dacht je dat het toevallig was dat wij elkaar bij haar thuis na zes jaar opnieuw tegenkwamen?'

'Heeft mijn dierbare zusje voor koppelaarster gespeeld?'

'Ja. En ik was zo overdonderd door het feit dat mijn dromen uitkwamen, dat ik geen seconde nadacht over de werkelijkheid.'

'Dat begrijp ik niet.'

'Waarom vroeg je me ten huwelijk?'

'Ik hield van je.'

'Dat zei je. Maar was dat ook zo? Of was ik een welkome afwisseling na je vorige relatie? Het was immers met Alice uitgeraakt omdat jullie allebei zulke sterke persoonlijkheden waren? Jullie wilden allebei voortdurend de leiding nemen en gelijk krijgen. Dat botste en uiteindelijk ging het mis. En toen was ik er. Piepjong, eenzaam, op zoek naar houvast. Ik had een vaderfiguur nodig, iemand om op te leunen en jij vond het heerlijk me te beschermen en te steunen.'

Het deed pijn om zo vlijmscherp alles te ontleden. Ze haalde diep adem.

'Dat is geen liefde. Er was geen sprake van wederzijds respect, gelijkwaardigheid, vertrouwen.'

'Jij vertrouwde mij ook niet. Je wilde absoluut niet praten over de jaren na de dood van je moeder.'

'Klopt. Ik zeg ook niet dat het allemaal jouw schuld is.'

'Nou goed dan. Ons huwelijk was een mislukking. Maar we zijn nu ouder en wijzer. Waarom geef je ons geen tweede kans?'

Ze zuchtte.

'Je slaat weer een heel stuk over. Het had best kunnen uitgroeien tot iets goeds, maar het werd alleen maar erger. Jij stond nooit aan mijn kant.'

Hij schudde zijn hoofd.

'Dat is niet waar. Ik stond juist volledig aan jouw kant. Toen ik hoorde dat je met andere mannen uitging als ik overwerkte, begreep ik dat je erg jong was toen we trouwden en dat je in je jeugd ook geen normale manier van uitgaan had meegemaakt. Ik gaf je steeds de kans om er met me over te praten. Ik probeerde voortdurend begrip voor je op te brengen. Maar jij deed niets anders dan kwaad worden en het ontkennen. En toen die diefstal. Ik wilde het voor je oplossen, ik wilde achter je staan. Ik probeerde het te begrijpen, uit te leggen en goed te praten. Maar je bleef het alweer glashard ontkennen. Iedere toenaderingspoging van mijn kant liep uit op ruzie, eindeloze ruzies.'

Antoinette legde bezwerend haar handen over de zijne.

Zacht zei ze: 'Is het ooit bij je opgekomen dat ik de waarheid sprak?'

Hij keek haar zwijgend aan en dat zei genoeg. Ze trok haar handen terug.

'En daarom denk ik niet dat een relatie tussen ons een kans maakt. Je bedoelt het allemaal verschrikkelijk goed, maar wel vanuit je hoogverheven positie van vaderfiguur, oudere broer en beschermer. Je wilt zogenaamd het beste voor mij, maar je weigert ons te zien als gelijkwaardige partners.'

Ze stond op.

'Genoeg gepraat. Ik moet aan het werk.'

'Nee, dat is niet eerlijk. Ik wil dat je me vertelt wat er dan wel gebeurd is. In je jeugd, tijdens mijn afwezigheid, die diefstal op je werk.'

'Dat heb ik je destijds verteld: niet schuldig.'

'Ik wil dat je het nog eens vertelt. Niet aan de Ronald van toen, maar aan de Ronald van nu. Ik ben ook veranderd.'

Antoinette keek hem bedroefd aan.

'Nee, je bent niet veranderd. Je hebt me de afgelopen dagen al een aantal keren op precies dezelfde manier van precies dezelfde dingen beschuldigd. Ik wil dit niet meer. Ik wil gewoon mijn werk doen, dat is al lastig genoeg met de kronkels van deze rare familie.'

Ze draaide zich om en begon voorbereidingen te treffen voor de thee, de koffie en de chocolademelk.

Ze hoopte dat hij weg zou gaan, maar hij bleef zwijgend zitten. Na vijf minuten vroeg Ronald: 'Heb je een ander?'

'Nee.'

'Ook niet gehad in die vijf jaar?'

'Nee.'

'Waarom niet?'

'Geen tijd. Geen behoefte aan.'

'Ik ben verloofd geweest met Alice. Drie maanden geleden raakte het uit. We passen niet bij elkaar. Allebei te dominant.'

'L'histoire se repète.'

'Wat zeg je?'

'De geschiedenis herhaalt zich.'

Hij stond kwaad op.

'Met jou valt niet te praten.'

Ze haalde haar schouders op.

'Dat wilde ik dan ook niet.'

Boos verliet hij de keuken.

Antoinette zuchtte en richtte haar aandacht weer op haar werk. Ze hoopte dat Ronald haar nu niet meer lastig zou vallen. Het deed ook wel een beetje pijn. Ze had niet verwacht dat hij anders zou reageren, maar ze had wel een heel klein beetje hoop gehad. Pas toen hij liet merken dat het zelfs nog nooit bij hem opgekomen was dat ze destijds de waarheid had gesproken, had ze het echt opgegeven.

Het was beter zo, hield ze zich voor. Maar ze kon niet voorkomen dat de tranen over haar wangen liepen, terwijl ze een schotel met sandwiches klaarmaakte. Toen ze de keukendeur hoorde opengaan veegde ze die nijdig weg, maar ze was te laat.

'Antoinette! Wat is er?'

'Niets.'

'Wel waar, je huilt.' Vincent keek haar bezorgd aan.

'Er is niets.'

'Je kunt het mij toch wel vertellen? Ik dacht dat wij de afgelopen dagen zo'n beetje vrienden waren geworden?'

Antoinette veegde nogmaals met haar hand de laatste tranen, die hinderlijk bleven komen, weg.

'Ik sluit niet zo gemakkelijk vriendschap.'

'Dat klinkt niet aardig.'

'Sorry. Niet zo bedoeld.'

'Geeft niet. Wat is er nou? Heb je het weer aan de stok met een van mijn familieleden? Of heb je pijnlijke herinneringen opgehaald met Ronald?'

Antoinette schudde haar hoofd, maar zweeg.

Hij concludeerde: 'Dat laatste dus.'

'Ik wil er niet over praten.'

'Dat is bekend. Maar misschien niet zo erg slim. Praten helpt.'

Ze schudde haar hoofd.

'Hard werken en nergens aan denken helpt. Ga eens aan de kant, ik moet deze sandwiches in de zitkamer neerzetten. De rest staat al klaar.'

'Heel plichtsgetrouw.' Het klonk spottend.

'Precies.'

De rest van de dag was Antoinette zich pijnlijk bewust van twee paar ogen die haar volgden. Die van Vincent bezorgd en vriendschappelijk, die van Ronald gekwetst en boos. Ze probeerde zich er niets van aan te trekken en de twee mannen zoveel mogelijk te vermijden.

Ook Emily scheen zich zorgen te maken. Na het diner vroeg ze: 'Wil je me als je klaar bent weer een warme groc boven brengen, of is dat erg lastig?'

'Natuurlijk wil ik dat doen. Ik kan ook eerder komen, als u dat prettiger vindt.'

'Nee, ik vind het juist prettig als je al klaar bent en even tijd hebt om te praten.'

Antoinette was deze keer gelukkig vrij snel klaar met opruimen en even over tienen liep ze naar boven met het drankje.

'Daar ben ik weer.'

Emily knikte.

'Fijn. Vind je het erg om dat gewoon standaard iedere avond te doen? Dan kun je erop rekenen en hoef ik niet iedere keer iemand te sturen om het te vragen.'

'Dat is goed.'

'Ga zitten. Ik wilde je nog iets vragen.'

Antoinette ging zitten. Ze hoopte dat ze niet weer tactvolle antwoorden over de familie moest gaan geven.

'Jacob vertelde me dat hij jou ingelicht heeft over zijn werkelijke taak hier.'

Antoinette knikte.

'Heeft hij je ook gevraagd mee te denken en op te letten?'

'Ja, maar ik weet echt niet...'

'Ik zie regelmatig mensen naar de keuken gaan. Dat is voldoende, laat ze praten, laat ze hun hart uitstorten. Ik maak me zorgen over twee van de huwelijken en over de levensstijl van een paar anderen. En dan is er nog het geld in de familie. Dat is een factor die heel wat slechts in mensen naar boven kan halen.'

'De wortel van alle kwaad. Maar een mens kan ook niet zonder, dat is het lastige.'

Mevrouw Richardsen lachte.

'Ik vind jouw kijk op dingen erg verfrissend. Je bent erg positief ingesteld.'

'Niet altijd.'

'Nee, dat weet ik. Hoe is het tussen jou en Ronald?'

'Slecht. We hebben vanmiddag een gesprek gehad, maar we zijn er niets mee opgeschoten. Er is niks veranderd.'

'Zou je dat wel willen?'

Antoinette zuchtte.

'Als ik heel eerlijk ben: ja. Mijn verstand weegt alles af en vertelt me dat het niet gaat. Maar mijn gevoel zegt iets anders. Er is nooit iemand anders geweest dan Ronald en ik weet niet of er ooit iemand anders zal zijn. Heel soms zie ik hoe het zou kunnen zijn tussen ons. Het was vroeger ook niet altijd slecht, het had zelfs kunnen uitgroeien tot een heel goed huwelijk. Maar er ging steeds meer mis en nu zijn er gewoon teveel dingen kapot.'

'Is er geen hoop?'

'Nee. Niet meer.'

'Dat spijt me. Voor jullie allebei. Ronald is een goede jongen.'

'Weet hij ook wat Jacob me vertelde?'

'Jacob is door Ronald ingehuurd.'

'Vreemd. Jacob zei dat ik met hem op moest passen, omdat hij teveel bij de familie betrokken is.'

'Ik denk dat hij dat anders bedoelde dan jij het uitlegt.'

'Dat zal wel.'

Ze wilde er niet met de oude dame over in discussie gaan, maar ze vroeg zich af hoe hij het dan bedoeld zou hebben. Er klopte iets niet.

Mevrouw Richardsen dronk het glas leeg en gaf het aan Antoinette.

'Dank je wel. Ga nu maar gauw naar bed, je ziet er moe uit.'

Antoinette knikte en stond gehoorzaam op. Emily ging zich steeds minder als werkgeefster en steeds meer als een soort oma opstellen. Dat was wel prettig, maar ze was toch vastbesloten professioneel te blijven.

Er werd op de deur geklopt. Antoinette keek mevrouw Richardsen aan.

Die knikte.

'Doe maar open.'

Martine liep zonder Antoinette een blik waardig te gunnen de kamer binnen en Antoinette trok zich zwijgend terug. Toch raar, al die bezoekjes van familieleden op de late avond. Gisteren Frederik, nu Martine. Ze had toch niet het idee dat Emily daarom gevraagd had. Het was ook vreemd, want er was overdag meer dan genoeg gelegenheid om te praten.

In de keuken zette Antoinette voor zichzelf een beker kamillethee en die nam ze mee naar boven. Ze dronk het glas in bed leeg. Heerlijk loom door de warme drank en de kalmerende kruiden viel ze al gauw in een diepe slaap waaruit ze de volgende ochtend uitgerust ontwaakte.

Ze voelde zich nu weer volledig tegen de dag opgewassen en zette zingend het ontbijt klaar. Het viel zelfs de altijd wat afwezige Tom op.

'Je bent erg vrolijk vandaag, Antoinette. Een speciale reden?'

'Nee, gewoon goed geslapen. Dat is heel wat waard.'

'Daar heb je gelijk in. Zeg, weet jij waar Ronald is?'

'Die slaapt nog, denk ik.'

'Niet meer.'

Ronald kwam de eetkamer binnen. Het was duidelijk aan hem te zien dat hij helemaal niet goed geslapen had. Tom keek hem verbaasd aan.

'Jij ziet eruit alsof je niet veel geslapen hebt.'

'Ik had veel om over na te denken.'

Ronald keek Antoinette aan bij dit antwoord, maar Antoinette deed alsof ze dat niet merkte. Ze wilde haar goede humeur niet laten verpesten.

In de gang kwam ze mevrouw Dijksma tegen, die het dienblad van mevrouw Richardsen mee bracht.

'Zal ik het meenemen?' vroeg Antoinette.

'Goed, kind. Wacht even.'

Mevrouw Dijksma pakte het theeglas, dat nog voor een derde vol was en dronk het leeg.

'Zonde om die dure thee weg te spoelen, vind je niet?'

Antoinette vond dat ietwat overdreven zuinig, maar ze pakte lachend het blad aan en liep verder. Ineens viel haar iets in. Ze liep terug en riep: 'Mevrouw Dijksma, doet u dat altijd?'

De huishoudster draaide zich om.

'Wat?'

Antoinette liep naar haar toe.

'Dat glas leegdrinken.'

'Ja. Ze laat altijd wel wat staan en het is zulke lekkere thee. Rare gewoonte eigenlijk, hè?'

'Dus gisteren heeft u dat hele glas dat koud geworden was leeggedronken?'

'Ja. Waarom vraag je dat?'

Antoinette verzon snel een smoes.

'U mag er niet over praten, maar de familie heeft mij gevraagd erop te letten of mevrouw Richardsen wel genoeg drinkt. U weet wel, oude mensen drogen soms uit, omdat ze geen dorst hebben.

Zou u in het vervolg wat overblijft gewoon in het glas willen laten zitten? Dan heb ik er meer zicht op.'

'Oh, ja, natuurlijk.'

'Het is echt heel belangrijk. Zeker als het veel is, moet u het absoluut niet leegdrinken.'

Mevrouw Dijksma knikte. Antoinette merkte wel dat ze het maar vreemd vond, maar ze moest toch iets verzinnen? Ze kon moeilijk haar vermoedens aan de huishoudster vertellen.

Toen mevrouw Richardsen beneden kwam, keek Antoinette haar oplettend aan.

'Hoe voelt u zich?'

'Niet zo goed als gisteren, maar het gaat. Weet jij waar Ronald is? Ik wil iets met hem bespreken. We gaan in de bibliotheek zitten. Zou jij om tien uur koffie bij ons willen brengen?'

'Natuurlijk. Ronald zag ik daarnet al in de bibliotheek zitten.'

Antoinette ruimde snel de eetkamer op, maar toen ze mevrouw Dijksma in de bijkeuken hoorde, liep ze er naar toe.

'Lukt het vandaag of heeft u hulp nodig?'

'Oh, ik voel me stukken beter dan gisteren, kind. Nog niet helemaal de oude, maar het lukt allemaal best. Lief dat je het vraagt.'

Nu de kerstdagen voorbij waren, leek de hele familie weer een beetje tot leven te komen. Vincent kondigde aan dat hij een wandeling in de heuvels ging maken.

'Ik heb frisse lucht nodig.'

Frederik en Jeroen zaten met laptops op schoot en gsm's in hun handen te werken en Martine, Lisanne, Charlotte en Renate maakten plannen om er met de auto op uit te gaan en brocanterieën te bezoeken, in de hoop wat authentiek Frans antiek mee naar huis te kunnen nemen. Simon was verdiept in een boek en Corinne zat met een borduurwerkje in haar hand met Jacob te praten. Tom besloot voor de verandering eens vaderlijk te doen en met de jongens buiten te voetballen. Antoinette vond dit een stuk gezelliger dan het gehang in huis van de afgelopen dagen. Het betekende ook dat zij waarschijnlijk heerlijk ongestoord haar werk kon doen.

Maar eerst moest ze iets anders doen.

'Jacob, kan ik je even spreken?'

Corinne keek op.

'Kan dat niet wachten? Jacob vertelde me net over zijn laatste projecten. Heel interessant.'

Antoinette glimlachte.

'Het spijt me, maar ik moet iets verplaatsen in de keuken en...'

Jacob sprong op.

'Oh nee, jij gaat niet nog meer rommelen in de keuken! Mijn arme creatie!'

En luid mopperend liep hij voor haar uit naar de keuken.

Daar schakelde hij direct om naar een normalere toon.

'Is Corinne me gevolgd?'

'Nee, die zit nog te borduren.'

'Je hebt me gered. Ik kon werkelijk niets nieuws meer verzinnen. Ik heb alles wat ik ooit gelezen en gehoord heb over woningin-richting opgelepeld en toen was ze nog niet tevreden. Nu kan ik even bijtanken. Je wilde me spreken?'

Antoinette knikte.

'Er is iets vreemds met de ochtendthee van mevrouw Richard-sen. Ik heb dit speciale blikje thee van haar gekregen. Engelse thee, die ze door kennissen mee laat nemen. Ze zegt dat ze dat thuis ook drinkt. Niemand anders drinkt ervan, maar iedereen weet het. Ik breng 's morgens een kop van die thee boven. Dat wil zeggen, ik breng een glas heet water met een thee-ei erin. Zij haalt het ei eruit als de thee sterk genoeg is...'

Jacob knikte.

'Je bent duidelijk en gedetailleerd. Vertel verder.'

Antoinette dacht even na over de juiste volgorde.

'Mevrouw Richardsen klaagt er al een paar dagen over dat ze zich moe voelt. Ze dacht zelf dat de ouderdom toegeslagen had, maar dat is dan wel erg plotseling gebeurd. Ik nam eigenlijk aan dat dit hele familiegebeuren gewoon te vermoeiend voor haar was. Alleen gisteren had ze een heel goede dag.'

'Dat kan.'

'Ja, maar tegelijkertijd klaagde mevrouw Dijksma ook over vermoeidheid. Het kan zijn dat ze het werk hier niet aankan, maar ze lijdt aan migraine en gek genoeg kreeg ze geen aanvallen, wat toch logischer geweest zou zijn. Ze voelde zich alleen maar slap en moe. Gisteren had ze een heel slechte dag. Ze heeft een half uur zitten slapen op een keukenstoel.'

'Vreemd.'

'Vandaag zag ik dat mevrouw Dijksma het restje thee uit het glas van mevrouw Richardsen dronk. Ik vroeg of ze dat altijd deed. Dat gaf ze toe.'

'Ik begin te begrijpen waar je naartoe wilt.'

'Gisteren sliep Emily nog toen ik haar thee bracht. Ze liet het koud worden en toen ze wakker was vroeg ze om verse thee. Ik had me verslapen, had haast en dacht niet na, dus ik bracht haar een glas uit de pot die ik net gezet had. Mevrouw Dijksma zei dat ze gisteren het hele glas van de andere thee, die dus ook nog eens langer dan normaal had staan trekken, leeg gedronken heeft.'

Jacob knikte: 'En toen viel ze zomaar in slaap.'

'Precies.'

'Geef mij dat blikje thee maar.'

'Ik heb ook het glas van vanochtend. Mevrouw Dijksma dronk ervan, maar er zit nog een klein beetje in. Het thee-ei heb ik ook bewaard.'

'Geweldig. Ik wist dat ik op je kon rekenen. Je zei dat iedereen ervan wist?'

'Ja, ik heb van verschillende mensen opmerkingen gehad over het feit dat ze zelfs geen week zonder dat spul kan. En het staat gewoon hier op het aanrecht, iedereen kan erbij.'

'Dat is jammer. Is je verder nog iets opgevallen?'

'Eergisteren ging Frederik nog heel laat naar zijn moeder, zelfs toen ik zei dat ze al sliep. En gisterenavond kwam Martine om kwart over tien nog bij haar langs.'

'Juist. Dank je wel. Praat hier met niemand over. Echt niemand. Ik moet even weg. Zeg maar dat ik dringend op zoek moest naar het juiste schaaltje voor de knoflook of zoiets. Van mij geloven ze toch alles.'

Jacob wikkelde het blikje, het glas en het thee-ei in een schone theedoek en verdween door de achterdeur.

Antoinette keek hem met gemengde gevoelens na. Ze had het zich dus niet verbeeld. Toch had ze liever geen gelijk gehad. Het was een vervelend idee dat iemand moeite deed om Emily te verdoven. Als de bedoeling niet erger was... Ze nam aan dat Jacob de thee ging laten analyseren, maar ze betwijfelde of hij haar de uitkomst zou vertellen.

HOOFDSTUK 10

Om tien uur bracht Antoinette koffie in de bibliotheek. Na het presenteren van versgebakken tulband wilde ze de kamer weer verlaten, maar mevrouw Richardsen zei: 'Blijf nog heel even, Antoinette. Ik wil je iets vertellen.'

Ze maakte een gebiedend gebaar naar de bank waar Ronald zat. Antoinette ging, lichtelijk verwonderd, naast Ronald zitten.

Emily vervolgde: 'Weet je nog dat we het over de aandelen van mijn bedrijf hadden? Jij zei: 'Om iets vast te houden, moet je het loslaten.' Je had gelijk. Ik word te oud en te warrig om mijn bedrijf te leiden. Het wordt tijd dat ik dat loslaat en overgeef aan de jongere garde. Ik ben deze dagen mijn kinderen een stuk nader gekomen en ik durf het nu wel aan.'

Antoinette keek haar geschrokken aan.

'U gaat de aandelen overdragen?'

'Ja, is dat geen fijn kerstcadeau voor Frederik en Jeroen? Als jij ze zo meteen voor me wilt roepen, ga ik het ze meteen vertellen. Ronald gaat de papieren opstellen.'

Antoinette stond op.

'Wilt u daar alstublieft nog heel even mee wachten?'

'Waarom? Nee, ik wil het nu doen. Ik voel me nu nog redelijk helder. Maar ik ga toch wel hard achter uit de laatste tijd. Straks ben ik niet meer toerekeningsvatbaar. Wist je dat dat Martines grootste angst is? En ze heeft gelijk. Wie weet wat er met het bedrijf gebeurt als ik het niet op tijd regel...'

Emily's ogen werden wazig.

Antoinette stond op en legde haar hand op de schouder van de oude dame.

'Wilt u alstublieft één ding voor mij doen?'

'Wat dan?'

'Jacob bellen en hem vragen of het verstandig is om nu een ingrijpende beslissing te nemen.'

'Wat heeft Jacob daarmee te maken?'

'Alstublieft, bel hem.'

Ronald schudde zijn hoofd.

'An, ik vind het lief dat je je zorgen maakt, maar je hebt een aantal dingen verkeerd begrepen. Jacob houdt zich bezig met heel andere dingen. Ik weet niet wat je probeert duidelijk te maken, maar jij en Jacob hebben niets te maken met de financiën van de familie. Daar ben ik voor aangenomen.'

'Dan doe je je werk niet goed. Luister naar me. Je moet eerst Jacob bellen.'

'Jacob, Jacob, Jacob. Het is wel duidelijk waar jouw sympathieen liggen.'

'Hou je kleinzielige jaloezie erbuiten!'

Ronald stond op en pakte Antoinette stevig bij haar arm.

'Ik denk dat je nu maar moet gaan. Je maakt mevrouw Richardsen van streek.'

Ze keek hem woedend aan.

'Je knijpt. En je staat alweer niet aan mijn kant.'

Emily fronste.

'Oh, mijn hoofd doet zo'n pijn. Antoinette, ik ben dit soort dingen niet van je gewend.'

Het klonk misprijzend en koel. Van de grootmoeder die ze gisteren leek, was niets meer te merken.

Antoinette voelde haar ogen vochtig worden, maar ze slikte de tranen weg en herhaalde: 'Het is echt heel erg belangrijk. Bel hem nou!'

Ronald zuchtte en pakte zijn gsm.

'Je zet jezelf compleet voor gek, An. Maar als dat de enige manier is om je te overtuigen van je waanzin...'

Hij toetste Jacobs mobiele nummer in.

'Jacob? Ronald. Antoinette laat vragen of het verstandig is dat mevrouw Richardsen op dit moment een ingrijpende beslissing neemt.'

Hij keek haar spottend aan, maar de uitdrukking op zijn gezicht veranderde toen hij Jacobs antwoord hoorde.

'Wat?... Ja, aandelen overdragen. ... Ja, oké.'

Hij overhandigde Emily de telefoon en keek Antoinette verontschuldigend aan.

'Het spijt me.'

Ze haalde haar schouders op.

'Laat maar. Het begint te wennen.'

Tevreden zag ze dat ze hem daarmee kwetste. Net goed.

Toen richtte ze haar aandacht op Emily. Die zag erg bleek, maar haar gezicht was onbewogen. Ze verbrak het gesprek met Jacob en verhief zich met een koninklijke houding van haar stoel.

'Ik ga naar mijn kamer.'

Antoinette keek de oude dame bezorgd na. Ondanks de rechte houding en de zelfbeheersing kon ze aan Emily merken dat ze vreselijk van slag was.

Ze vroeg zich af of ze iets kon doen, maar wilde zich niet opdringen.

Daarom zette ze de koffiekopjes op het blad en liep zwijgend naar de keuken.

Antoinette dwong zichzelf tot haar normale werkzaamheden, maar haar gedachten bleven afdwalen. Ze zette een lunchbuffet klaar en ruimde dat ook weer op. Mevrouw Richardsen kwam niet naar beneden en toen Antoinette aanklopte om te vragen of ze iets wilde eten, antwoordde ze kortaf dat ze geen honger had. Om vier uur bereidde Antoinette de thee voor en ze was daar net mee klaar toen Jacob binnenkwam.

'De thee bevat barbituraten. Slaapmiddelen. Twee soorten, beiden op recept verkrijgbaar. Iemand heeft de capsules geopend en het poeder door de thee gemengd. Maar de dosis was absoluut niet dodelijk, zelfs na een hele pot sterke thee zou ze alleen maar een dagje heel slaperig geweest zijn.'

'Het was dus bedoeld om Emily te versuffen.'

'Precies. Je vertelde al dat Frederik en Martine 's avonds bij haar kwamen, die ga ik dus eerst maar eens in de gaten houden.'

Antoinette knikte langzaam.

'Maar iedereen weet dat ze die thee 's ochtends dronk. 's Avonds is ze meestal juist vrij helder. Ze vroeg zelfs steeds of ik haar groc wilde brengen omdat ze daarop beter sliep.'

Hij keek haar verrast aan.

'Daar heb je gelijk in. Dat maakt het nog vreemder, want 's ochtends bleef ze meestal juist tot een uur of tien op haar kamer. Heb je wel eens gezien of iemand haar juist dan op zocht?'

'Nee, sorry. Rond die tijd heb ik het hier in de keuken druk. Misschien heeft mevrouw Dijksma iets gezien terwijl ze de kamers deed.'

Hij wilde nog iets zeggen, maar de deur ging open en Corinne kwam binnen.

'Oh, dag Jacob. Ik wilde iets aan Antoinette vragen.'

Jacobs houding veranderde direct. Antoinette constateerde het met verwondering. Hij stapte direct weer in de rol van de excentrieke binnenhuisarchitect.

'Ik ga net weg. Dag mooie dames, ik zie jullie later.'

Corinne keek hem na.

'Rare man, vind je niet?'

Antoinette haalde haar schouders op.

'Hij is een beetje excentriek, maar ik mag hem wel.'

Ze vroeg zich af wat Corinne nu weer te bespreken had. Ze had Jacob wel beloofd deze gesprekken niet te ontmoedigen, maar echt zin had ze er niet in. Ze wilde wel eens gewoon een paar uur ongestoord doorwerken, maar dat was hier echt een zeldzaamheid.

Corinne leunde tegen het aanrecht.

'Het gaat niet goed met Emily.'

Antoinette keek haar aan.

'Hoe bedoelt u?'

'Ze is op haar kamer, maar ze heeft de deur op slot. Ik weet zeker dat ze me hoorde, maar ze deed niet open. Heeft haar familie iets uitgehaald?'

'Waarom denkt u dat?'

'Och, kom. Je weet zelf wel dat geen van hen echt om haar geeft. Waarschijnlijk weet ze het zelf ook wel. Ze hoopte alleen dat deze dagen de familierelaties zou verbeteren. Ik vroeg me dus af of er iets gebeurd is, waardoor ze de hoop heeft opgegeven.'

'De hoop opgegeven?'

'Zo zag ze er uit. Alsof ze alle hoop had opgegeven.'

Antoinette fronste. Dan had Emily wel ineens al haar zelfbeheersing laten varen. Toen mevrouw Richardsen de kamer verliet nadat Jacob haar telefonisch had ingelicht over de thee, had ze juist volkomen rechtop gelopen en haar gezicht had geen enkele emotie vertoond. Maar misschien zag Corinne als jonger zusje door die beheerste houding heen.

'Ik weet het niet, mevrouw.'

'Kun jij er niet even heen gaan? Jij lijkt van ons allemaal nog het beste met haar te kunnen praten.'

Antoinette aarzelde. Zelf maakt ze zich ook wel zorgen om de oude dame. Maar het was en bleef haar werkgeefster. Was het wel verstandig om zich er nu mee te bemoeien?

'Misschien lust ze wel een kopje thee,' drong Corinne aan. 'Ze is toch zo dol op die speciale Engelse soort?'

Antoinette zag dat Corinnes blik naar de plek op het aanrecht gleed, waar het blikje hoorde te staan.

Voorzichtig antwoordde ze: 'Die drinkt ze 's ochtends.'

'Thuis drinkt ze dat spul de hele dag door, dat weet ik zeker. Ik vind het niet lekker en ik moet altijd nadrukkelijk om koffie vragen als ik bij haar ben. Maar dat doet nu niet ter zake. Wil je alsjeblieft even gaan kijken? Ik maak me echt zorgen. Ze is tenslotte ook niet piepjong meer.'

Antoinette slikte een zucht in.

'Als u werkelijk vindt dat het nodig is, ga ik wel even. Maar ik denk dat u zich onnodig zorgen maakt.'

Ze besloot dan meteen maar de daad bij het woord te voegen en liep de keuken uit. Ze was al halverwege de trap toen ze zich re-aliseerde dat Corinne in de keuken achtergebleven was. Vreemd. Of begon ze nu echt spoken te zien?

Ze klopte zachtjes op Emily's kamerdeur.

'Mevrouw Richardsen?'

Toen er geen antwoord kwam, duwde ze voorzichtig de deurkruk naar beneden. Op slot. Nou ja, dat kon ze zich best voorstellen. Emily had vandaag geestelijk een flinke klap gehad en wilde dat waarschijnlijk alleen verwerken. Tenslotte was de oude dame slim genoeg om verband te leggen tussen de bedwelmende mid-delen in haar thee en haar achterbakse familie.

Toch klopte ze nog een keer.

'Mevrouw? Is alles goed met u? Kan ik iets voor u doen?'

Toen er nog steeds geen enkele reactie kwam, bleef ze aarzelend staan. Wat nu? Ze kon toch moeilijk blijven kloppen?

'Wat ben je aan het doen?'

Ze schrok toen ze Ronalds stem achter zich hoorde. Waar kwam die nu ineens weer vandaan?

'Corinne vroeg me te gaan kijken of alles wel goed is met me-vrouw Richardsen. Maar ik weet nu even niet wat ik moet doen. Ze reageert niet en de deur zit op slot.'

Hij fronste.

'Vreemd.'

Ze haalde haar schouders op.

'Ik weet het niet. Ik kan me wel voorstellen dat ze even niemand wil spreken.'

Ronald haalde een sleutelbos uit zijn zak.

'Toch zit het me niet lekker. Ik heb de reservesleutel.'

Hij draaide het slot open.

'Ga jij maar naar binnen. Jou vertrouwt ze het meest van iedereen.'

Antoinette zuchtte.

'Dat zegt iedereen, maar ik ben maar gewoon de kokkin, hoor.'

'Maar dan wel een kokkin waar ze iedere avond een uur mee praat.'

'Een half uur. Maar het is al goed. Ik ga wel.'

Ze duwde voorzichtig de deur een stukje open en keek de kamer in.

De gordijnen waren dichtgetrokken en het was bijna helemaal donker. Op het bed kon ze vaag iets onderscheiden.

Ze stapte achteruit.

'Ze slaapt.'

'Midden op de dag?'

'Emotie?'

Ronald schudde zijn hoofd.

'Ik vertrouw het niet, ik ga naar binnen.'

Antoinette liep hem achterna toen hij naar binnen liep.

'Mevrouw Richardsen?'

De gestalte op het bed reageerde niet.

Ronald boog zich vooruit en deed de schemerlamp op het nachtkastje aan.

Het zachte licht viel op Emily's gezicht. Antoinette voelde haar adem stokken in haar keel. De lichte ogen van de oude vrouw waren wijd open, maar ze zagen niets meer.

Ze zag dat Ronald in de hals probeerde een hartslag te vinden, maar ze wist het al. Mevrouw Richardsen was dood.

Verstijfd van schrik bleef ze naar het bed kijken, terwijl Ronald zijn telefoon pakte en een kort gesprek voerde. Daarna sloeg hij een arm om haar schouder en leidde haar zachtjes de kamer uit. De deur draaide hij zorgvuldig weer op slot.

'An, gaat het?'

Ze schudde haar hoofd. Het voelde als een droom, vaag, onwerkelijk. Dit kon gewoon niet waar zijn. Dit gebeurde in boeken, in films, maar niet in het echte leven.

Ronald pakte haar stevig beet.

'Kom op, Antoinette. Ik heb je nodig. Er moet van alles gebeuren.'

Ze haalde diep adem en voelde langzaam haar hoofd helderder worden.

'Het gaat wel weer.'

'Mooi zo. Ik wil dat je me vertelt wat er precies gebeurd is vanaf het moment dat je de huiskamer verliet.'

'Ik zag Emily weglopen. Ze liep kaarsrecht en beheerst, maar ik had toch het gevoel dat ze heel erg van slag was. Ik vroeg me af of ik iets moest doen, maar dat vond ik opdringerig. Toen ben ik gewoon aan het werk gegaan. Toen Emily niet beneden kwam voor de lunch ben ik naar boven gegaan om te vragen of ze iets wilde eten. Ik ben haar kamer niet in geweest, maar ze riep dat ze geen honger had. Ik nam aan dat het geen kwaad kon om een maaltijd over te slaan en heb haar met rust gelaten. Een half uur geleden kwam Jacob me vertellen wat er in de thee zat. Hij was net uitgepraat toen Corinne kwam. Jacob ging weg en Corinne vertelde me dat ze zich zorgen maakte over Emily. Ze vroeg of ik niet wat van die speciale thee kon brengen.'

'Letterlijk?'

'Ja, en ze keek op dat moment naar de plek waar dat blik altijd staat. Ze zei dat Emily dat spul thuis altijd dronk en dat ze het zelf niet lustte. Ze bleef aandringen dat ik moest gaan kijken en toen ben ik naar boven gegaan. Corinne bleef achter in de keuken.'

'Ze liep niet met je mee?'

'Nee.'

'Vreemd.'

'Dat vond ik ook. Maar je denkt toch niet dat Corinne...'

'Ik denk op dit moment van alles. Maar daar ga ik het nu niet over hebben. Ik wil dat jij naar de keuken gaat en doet wat er gedaan moet worden. Zorg dat er gegeten kan worden en vertel niemand nog iets. Jacob is de arts uit het dorp gaan halen. Er zal wel onderzoek gedaan moeten worden naar de doodsoorzaak, denk ik. Zeker na dat verhaal met die thee. Maar het zit er dik in dat ze gewoon is overleden aan een hartstilstand. Teveel spanning. Ze was oud.'

Antoinette keek hem aan. Dacht hij dat werkelijk? Hij zag er kalm, bijna ontspannen uit. Zelf had ze het nog steeds vreselijk benauwd. Het idee dat een van de mensen in dit huis een moordenaar kon zijn... Of was dat alleen haar overspannen verbeelding?

'Wat moet ik tegen Corinne zeggen? Die wacht waarschijnlijk nog in de keuken.'

'Zeg maar dat ze slaapt.'

Antoinette knikte en liep langzaam naar beneden. Ze voelde haar knieën knikken, maar toen ze de keuken binnenkwam had ze haar kalmte hervonden. Corinne zat op een keukenstoel en keek haar afwachtend aan.

'En? Hoe gaat het met haar?'

'Ze slaapt.'

'Heb je haar gezien? De deur was toch op slot?'

'Ronald had een reservesleutel.'

Antoinette pakte een paar uien en begon die te snijden.

'Het spijt me, maar ik heb geen tijd meer om te praten, ik moet aan het werk.'

Corinne leek nog iets te willen zeggen, maar droop af, tot Antoinettes grote opluchting.

Ze ging ijverig door met haar werkzaamheden, maar ondertussen bleef ze in gedachten koortsachtig alle gebeurtenissen van de afgelopen paar dagen opnieuw beleven.

Was er iemand van de familie in staat tot moord? Ze hadden allemaal baat bij Emily's dood, maar wie had er zo'n haast? Of was dit toeval? Maar hoe zat het dan met die thee? Wie wilde Emily verdoven? Ze kwam er niet uit.

Toen alle familieleden zich voor het diner verzameld hadden in de eetkamer, lichtte Ronald hen in over de dood van Emily.

'Ze wordt straks overgebracht naar een mortuarium, waar nog nader onderzoek gedaan zal worden, maar de arts uit het dorp denkt dat het een hartstilstand was. Er is niets dat op iets anders wijst.'

Het viel Antoinette, die op dat moment bij het buffet bezig was, op dat niemand echt emotioneel reageerde.

Wel vroeg Martine scherp: 'Waarom zou er iets moeten zijn dat op iets anders wijst? Ze was tachtig, we wisten allemaal dat het vroeg of laat zou gebeuren.'

Ronald keek de aanwezigen één voor één aan.

'In de speciale thee die ze iedere ochtend dronk, zijn slaapmiddelen gevonden. De dosis was niet dodelijk, het zorgde er alleen voor dat ze overdag wat versuft raakte. Maar dat is wel een reden om haar dood niet zonder meer als natuurlijk te beschouwen.'

'Haar thee was vergiftigd?'

Jeroen draaide zich om naar Antoinette.

'Dan zou ik eerst de kokkin maar eens ondervragen. En ik denk dat ik vandaag maar niet hier eet.'

Ronald hief bezwerend zijn hand op en kapte daarmee de reacties van de andere familieleden af.

'Antoinette was degene die me attent maakte op de slaapmiddelen. Zonder haar zou ik het niet gemerkt hebben, dus er is geen enkele reden om haar te verdenken.'

Antoinette haalde diep adem. De beschuldiging had haar hard geraakt. Het leek wel of dit soort dingen steeds weer moeten gebeuren, eerst als tiener, later op haar werk. Het ergste was de eenzaamheid, het gevoel helemaal alleen te staan als alle aanwezigen ervan overtuigd waren dat zij de dader was. Maar deze keer was Ronald voor haar in de bres gesprongen. Ze keek hem dankbaar aan en hij knikte begrijpend.

Frederik stond op.

'Mag ik haar zien?'

Ronald knikte.

'Maar helaas moet ik er wel bij blijven. Of Jacob.'

'Wat heeft die idioot er mee te maken?'

'Hij is particulier onderzoeker. Hij was hier op verzoek van mevrouw Richardsen.'

'Waarom?'

'Ze maakte zich zorgen om een paar mensen in de familie. Hij heeft een aantal van jullie nagetrokken. Meer kan ik er niet over vertellen.'

Vincent klopte zijn oom geruststellend op zijn schouders.

'Als je niets te verbergen hebt, is er niets aan de hand, oompje.'

Lisanne keek hem kwaad aan.

'Het zal wel om jouw duistere levenswandel gaan.'

Haar neef lachte honend.

'Dat zit er wel in. Gelukkig maar dat jullie allemaal een brandschoon geweten hebben.'

Antoinette vond dat ze met dit soort gesprekken niets te maken had en verliet zachtjes de eetkamer. In de keuken vond ze mevrouw Dijksma.

'Ik kan het maar niet geloven. Ze was altijd zo gezond en actief. En nu is ze dood. Ze had gewoon thuis moeten blijven, die familie heeft haar het leven gekost. Ze was de laatste paar dagen doodmoe. Het was gewoon te veel.'

Antoinette schonk de huishoudster een kopje koffie in en gaf oppervlakkig antwoord. Ze wist simpelweg niet meer wat ze moest zeggen. De reacties van de familie waren veelzeggend.

Ze gaven allemaal helemaal niets om hun moeder en oma. En misschien had die ontdekking Emily wel het leven gekost.

De volgende dag werd het lichaam weer vrijgegeven. De doodsoorzaak was vastgesteld: een hartstilstand. Volkomen natuurlijk. Behalve de slaapmiddelen waren er geen chemische stoffen in het bloed aangetroffen die haar dood veroorzaakt konden hebben.

Hoewel Antoinette daar blij om was, vond ze het ook een soort anticlimax. Het was nog steeds niet bekend wie de slaapmiddelen in de thee gedaan had, maar het onderzoek daarnaar was stopgezet.

'Mevrouw Richardsen heeft, mede dankzij jou, geen enkele belangrijke beslissing genomen terwijl ze onder invloed van die middelen was,' legde Jacob uit. 'Het is vrij zinloos de familie nu lastig te vallen met een diepgaand onderzoek, terwijl er geen strafrechtelijke vervolging plaats kan vinden.'

Omdat Emily in Nederland bij haar man begraven zou worden, zou de familie de volgende dag naar huis vertrekken. Antoinettes opdracht was dus ook voorbij. Het was een abrupt einde van een paar enerverende dagen.

HOOFDSTUK 11

Het was oudejaarsavond. Hoewel ze al twee dagen terug was in Nederland, kon Antoinette haar draai niet helemaal vinden. Het was vreemd om te vroeg terug te zijn. Haar huis leek leeg en ongastvrij. Ze overwoog naar bed te gaan en het hele jaarwisselinggebeuren maar een keertje over te slaan, toen de bel ging. Haar hart sloeg een slag over.

Zou dat Ronald zijn? Ze miste hem meer dan ze wilde toegeven en ze had er spijt van dat ze dat laatste gesprek niet beter afgehandeld had. De dood van Emily had haar doen beseffen dat het leven niet oneindig is. Als je te lang wacht met het herstellen van relaties, dan kan het zomaar te laat zijn. Misschien konden ze het deze keer echt uitpraten. Misschien zou hij haar het vertrouwen waar ze zo naar verlangde schenken als ze iets meer details vertelde?

Toen ze de deur opendeed, zag ze tot haar teleurstelling dat het Vincent was in plaats van Ronald. Hij grijnsde.

'Jij hoopte op iemand anders.'

Antoinette beet op haar lip. Was het zo duidelijk?

'Welnee, ik had jou gewoon niet verwacht,' loog ze. 'Kom binnen.'

Hij volgde haar naar binnen door de smalle gang en keek geïnteresseerd rond.

'Leuk huis.'

'Klein maar fijn. Ga zitten. Wil je iets drinken?'

Hij had een fles in zijn hand en overhandigde haar die.

'Champagne. Dat hoort erbij.'

Antoinette zette de fles op tafel en pakte champagneglazen uit de kast.

'Voor mij niet. Ik drink zelden en ik werk meestal tijdens de jaarwisseling. Maar dat liep dit jaar anders. Hoe gaat het met jou, trouwens? Wanneer is de begrafenis?'

'Overmorgen. Met mij gaat het best. Ik had al nauwelijks contact met grootma, dus ik zou liegen als ik zei dat ik haar mis.'

'En de anderen? Het moet toch een schok zijn geweest.'

Vincent haalde zijn schouders op.

'Niet echt, volgens mij.'

Antoinette keek hem verwijtend aan.

'Hebben jullie dan echt geen greintje gevoel? Ik vind het triest. Zo'n oude dame die met haar hele familie de feestdagen wil doorbrengen en dan plotseling overlijdt. Nog afgezien van dat gedoe met die thee.'

Vincent pakte haar hand en trok haar naast zich op de bank.

'Niet zo boos, kleintje. Dat kunnen wij toch niet helpen? Ze was nooit een lieve oma, en een echte moeder was ze ook niet. Vind je het gek dat wij zo zijn geworden?'

'Dat is wel heel gemakkelijk geredeneerd. Zo'n zielige jeugd gehad, we kunnen er niets aan doen. Onzin. Ik ben toch ook heel normaal geworden?'

'Heb jij zo'n zielige jeugd gehad dan?'

'Dat valt wel mee, maar jullie hadden het ook niet slecht. Je oma was lang zo hard niet als ze leek. Als ik dat na een paar dagen al door heb, dan hadden jullie dat ook kunnen zien.'

Vincent pakte de fles champagne en maakte hem open.

'Ik heb geen zin om tot twaalf uur te wachten.'

Antoinette zuchtte.

'Ander onderwerp, bedoel je zeker?'

'Ja, zoiets. Ik kwam hier omdat ik je graag nog eens wilde zien, niet om een uitbrander te krijgen over mijn gebrek aan familiezin.'

'Sorry. Het zit me gewoon dwars.'

Ze pakte het glas dat hij voor haar had volgeschonken aan en nam een slokje. Ondertussen probeerde ze iets te bedenken waarover ze met hem kon praten.

Vincent onderbrak haar gedachtegang.

'Heb je nog iets van Ronald gehoord?'

'Nee.'

'Wat is er toch tussen jullie misgegaan?'

'Dat is een lang verhaal. Maar het komt er op neer dat hij me niet vertrouwt. Toen niet, en nu nog steeds niet.'

'En er is geen kans dat je het hem vergeeft?'

Ze haalde haar schouders op.

'Ik denk het niet. Het blijft mis gaan. Maar helemaal vergeten kan ik hem ook niet. Ik denk dat ik onbewust alle mannen met hem vergelijk.'

'En ondanks alle ellende kan niemand met hem wedijveren? Dat is óf heel erg dom, óf het is echte liefde.'

'Dan zal het wel dom zijn.'

'Dus ik maak geen enkele kans?'

Hoewel hij een spottend gezicht trok, zag ze de ernst in zijn ogen. Nee toch? Nog meer complicaties.

Hij drong aan: 'Is hij zoveel beter dan ik?'

Ze schudde haar hoofd.

'Nee. Ik mag je graag. Maar ik ken je nog maar een paar dagen. Ronald kende ik sinds mijn kindertijd. Hij was de oudere broer van mijn beste vriendin en ik projecteerde alle mannelijke helden uit boeken en films op hem. Ook toen mijn vriendin en ik uit elkaar groeiden en ik hem dus zelden meer zag, bleef hij de knappe prins op het witte paard, ook al waren er zat andere jongens waar ik mee omging.'

'Hou je van Ronald of van het ideaalbeeld dat je van hem gevormd hebt?'

Hij raakte pijnlijk precies de kern van het probleem. De tranen sprongen in haar ogen.

'Ik weet het niet, echt niet.'

Vincent nam een grote slok champagne en ging genadeloos verder: 'En gaan al die problemen eigenlijk niet om het feit dat hij gewoon menselijke fouten maakt, in plaats van te voldoen aan dat ideaalbeeld? Ronald is een aardige vent, maar een heilige is hij niet. Hij is driftig, soms heel kortzichtig en snel in zijn oordeel. Dat zal nooit veranderen. Als je dat niet kunt accepteren, pas je gewoon niet bij hem.'

Ze keek hem wanhopig aan, maar zei niets. Hij was hard, maar ze kon er niets tegen inbrengen. Ze zou het willen ontkennen, maar ze had geen enkel argument. De karakterschets van Ronald was feilloos. En als ze eerlijk was, waren dat juist de dingen waar ze slecht tegen kon. Maar zij zag dat niet als karaktereigenschappen, meer als fouten die hij later niet meer zou maken. Later, als het weer helemaal goed was. Als alles was zoals ze het zich als jong tienermeisje voorgesteld had.

Vincent dronk de rest van zijn glas leeg.

'Had je het nog niet eerder zo bekeken? Maar ik heb wel gelijk, niet waar?'

Ze stond op en liep naar de keuken, omdat ze niet wilde dat hij haar tranen zag.

Hij volgde haar.

'Heb ik gelijk of niet?'

Hij probeerde haar aan te kijken, maar ze draaide haar hoofd van hem af.

'Dat dacht ik al. Maar zolang je het niet wilt toegeven, geef je mij of welke andere man dan ook nog geen enkele kans. Je maakt jezelf erg ongelukkig, kleintje.'

Toen ze nog niet reageerde, draaide hij zich om en liep weg. Ze hoorde de voordeur dichtslaan, maar bleef onbeweeglijk staan. Op straat hoorde ze het vuurwerk beginnen.

Het was twaalf uur, het nieuwe jaar was begonnen. Ze haalde diep adem en veegde de tranen driftig weg. Waarom liet ze zich iedere keer zo van de wijs brengen? Was het niet door Ronald zelf, dan was het wel door een gesprek over hem. Het vervelende was dat Vincent gewoon gelijk had. In de jaren na de scheiding had ze wel haar leven zonder Ronald opgebouwd, maar ergens op de achtergrond had ze nog altijd gehoopt dat het weer goed zou komen. Ze was zich er niet van bewust geweest tot Vincent zo genadeloos haar gevoelens ontleedde, maar het was waar.

Diep in gedachten ruimde ze de champagne op, draaide de deur op slot en ging naar bed, waar ze een nacht lang lag te woelen.

Toen de volgende ochtend om elf uur de bel ging was Antoinette dan ook allesbehalve uitgerust. Ze had net ontbeten, maar voelde zich nog niet in staat om iets te gaan doen. Ze opende de deur zonder er bij na te denken en schrok toen ze zag dat het deze keer wel Ronald was.

'Goedemorgen, Antoinette. Gelukkig nieuwjaar!'

Ze liet toe dat hij haar kuste, maar merkte dat ze niet oprecht blij was met zijn bezoek. En dat terwijl ze gisteren nog zo gehoopt had dat hij langs zou komen!

'Jij ook een gelukkig nieuwjaar gewenst. Kom binnen. Wil je koffie?'

'Graag.'

Ronald liep achter haar aan de huiskamer in en keek belangstellend rond.

'Je hebt er wel iets leuks van gemaakt. Ik herken wel wat meubels die van je oma waren, maar door die lichte muren en gordijnen heeft het een veel modernere uitstraling. Mooi gedaan.'

Hij liep achter haar aan naar de keuken en knikte waarderend.

'Het ziet er professioneel uit.'

'Dat moet ook, het is de basis van mijn cateringbedrijf.'

'Ik kan er nog steeds niet bij dat je dit doet. Vroeger kookte je nooit.'

'Vroeger is voorbij.'

Antoinette zette twee kopjes koffie op een blaadje en liep langs hem heen terug naar de huiskamer. Ze voelde zich misselijk van de spanning.

Toch wilde ze deze keer duidelijkheid. Een nieuw jaar betekende een schone lei.

Ronald leek haar spanning niet aan te voelen. Hij ging op de bank zitten en nam genietend een slok koffie.

'Lekker sterk.'

Antoinette ging tegenover hem op een stoel zitten.

'Ronald, ik heb nagedacht en ik wil nog een laatste keer over vroeger praten.'

Hij trok verbaasd zijn wenkbrauwen op.

'Vroeger is voorbij, zei je daarnet nog. Kunnen we niet opnieuw beginnen?'

'Niet zonder eerst een paar dingen uit te praten.'

Hij zuchtte.

'Goed dan. Maar dat was niet mijn bedoeling. Ik kwam hier omdat ik je wil leren kennen. Zoals je nu bent.'

'Ja, maar er blijft oud zeer. Ik weet dat jij de afgelopen vijf jaar een relatie gehad hebt, maar ik niet. Ik kon je niet vergeten en bleef maar hopen dat je bij me terug zou komen.'

'Jij was degene die wilde scheiden, weet je nog?'

Ze knikte langzaam.

'Ik was heel teleurgesteld in je. Ik verwachtte van jou dat je me volledig vertrouwde en dat deed je niet.'

'Omdat je overduidelijk loog.'

Antoinette keek hem aan. Zijn gezicht stond onverzettelijk. Zo was hij, besefte ze. Hij had zijn mening gevormd en het zou niet gemakkelijk zijn hem daarvan af te brengen. Maar deze keer zou het anders zijn. Ze liet zich niet weer in de slachtofferrol drukken. Met veel moeite onderdrukte ze de emotionele reacties die hij, zoals altijd, opriep en kalm zei ze: 'Ik loog niet. De diefstallen op mijn werk werden gepleegd door een magazijnmedewerker. Drie dagen na mijn ontslag werd hij op heterdaad betrapt.

Mijn baas heeft zijn excuses aangeboden, ik kreeg mijn baan terug en ik heb daar nog een half jaar gewerkt.'

Hij keek alsof hij iets wilde zeggen, maar ze hief bezwerend haar hand op en ging verder: 'Ik weet dat je dacht dat ik in mijn oude fouten was teruggevallen, maar ook als tiener heb ik niet gestolen. Ik was lid van die bende, dat klopt. Maar ik trok me meestal terug als ze rottigheid uithaalden. Dat was laf, ik geef het toe. Ik had gewoon helemaal niet met hen om moeten gaan, maar ik vond het zo fijn ergens bij te horen. Tijdens die diefstal waar ik voor veroordeeld ben, stond ik buiten de winkel. Ook fout, maar meer dan dat, één keertje op de uitkijk staan, was het niet. Ik ben veroordeeld voor veel meer, omdat ik de namen van mijn zogenaamde vrienden niet wilde zeggen.'

Ze haalde diep adem en vervolgde: 'En die vermoeidheid, waardoor jij dacht dat ik 's nachts de bloemetjes buitenzette als jij weg was? Ik heb een afwijking in mijn stofwisseling, waardoor ik moet opletten wat en hoe ik eet. En zoals je weet, aten wij allesbehalve regelmatig en gezond. Toen ik op mijn voeding ging letten, ging het al snel beter. Daardoor ben ik trouwens geïnteresseerd geraakt in koken, ik moest wel. En toen bleek dat ik het leuk vond.'

Ze zweeg en keek hem afwachtend aan.

Ronald schudde zijn hoofd.

'Waarom heb je me dit allemaal niet eerder verteld? Het klinkt nogal onzinnig. Ineens heb je allerlei redenen voor dingen die je toen alleen maar huilend ontkende. Maar je hebt er dan ook vijf jaar over na kunnen denken.'

Antoinette dwong zichzelf rustig te blijven. Niet kwaad worden en vooral niet gaan huilen, hield ze zichzelf voor. Je hoopte dat hij je direct zou geloven en zijn verontschuldigingen aan zou bieden, maar dit is de realiteit. Hij is keihard en onvermurwbaar.

'Het is de waarheid. Ik heb je het destijds niet zo verteld omdat ik wachtte tot je zou laten blijken dat je me geloofde, dat je me vertrouwde. Maar dat deed je niet. Daarom wilde ik van je scheiden. En zelfs toen bleef ik hopen dat je bij me zou komen en zou zeggen dat je je vergist had, dat je besefte dat ik al die dingen niet gedaan had.'

'Je gaf me geen enkele reden om dat te doen. Je verdedigde jezelf totaal niet, je werd alleen maar kwaad omdat ik je niet onvoorwaardelijk geloofde.'

'Geloof je me nu wel?'

Ondanks de twijfels over haar eigen gevoelens keek ze hem hoopvol aan.

Hij haalde echter zijn schouders op.

'Doet dat er nog toe?'

'Voor mij wel. Ik vind het belangrijk in een relatie dat er vertrouwen is. Als iemand mij destijds verteld zou hebben dat je vreemdging, zou ik dat simpelweg niet hebben geloofd, zeker niet als je het ontkend zou hebben.'

'Dat is naïef.'

'Misschien wel. Maar zo zie ik het. En als jij het werkelijk zo anders ziet, dan passen we gewoon niet bij elkaar. Ik verwacht van jou dat je eerst onvoorwaardelijk mijn kant kiest. En als er dan toch dingen zijn die eventueel iets anders aantonen, zou je daar rustig over kunnen praten. Maar jij trekt direct je eigen conclusies. Dat deed je vijf jaar geleden, maar ook vorige week, met die broche.'

'Daar denk ik niet eens over na. Het is ook niet veroordelend bedoeld, het is gewoon een logische conclusie.'

'Een conclusie die los staat van de vraag wie degene is, waarover het gaat is. Het maakt voor jou volgens mij niet uit of het een willekeurige crimineel is of de vrouw waar je van houdt. Feiten en conclusies, daar baseer je alles op. Menselijke aspecten zijn bijzaken.'

Hij zuchtte.

'Als je het zo zegt, klinkt het rot. Maar zo werkt dat nu eenmaal bij mij.'

Ondanks haar pogingen zich te beheersen, gleed er een eenzame traan langs haar wang.

Hij zette zijn kopje neer en stond op.

'Je hebt gelijk. We passen niet bij elkaar.'

Zonder verder nog iets te zeggen, liep hij naar buiten.

Antoinette keek hem met gemengde gevoelens na. Dat was de tweede man in korte tijd die kwaad bij haar wegliep.

Ze was niet helemaal tevreden over de manier waarop het gesprek verlopen was. Hoewel de conclusie dat ze niet bij elkaar pasten wederzijds was, had ze het gevoel dat er iets miste. Of was ze nu weer bezig het droombeeld Ronald naar voren te halen? Maar waarom liep hij nu weer zo maar weg? Waarom kon hij niet gewoon een arm om haar heen slaan en iets liefs zeggen? Zo had ze het zich wel voorgesteld, vroeger. Ja, daar had je het weer. Blijkbaar was haar hele relatie met Ronald gebaseerd op droombeelden in plaats van op de realiteit.

Ze zuchtte. Het was voorbij. Over en uit. Hij zou nu echt niet meer terugkomen. En zij moest dat droombeeld maar eens vergeten. Dat soort mannen bestond gewoon niet. Dat was een on-realistisch verzinsel dat stamde uit haar eenzame jeugd. Het was tijd om verder te gaan met haar leven. Plannen te maken voor de toekomst.

Het plotselinge einde van de week in Frankrijk had ook financi-ele gevolgen voor haar. Mevrouw Richardsen had de helft van de rekening vooruitbetaald, zodat ze de benodigde etenswaren kon inslaan, maar het was de vraag of de andere helft nog betaald zou worden. Haar keurige begrotingen voor het komende jaar waren gebaseerd op deze grote eerste opdracht. Met die betaling kon ze het nog twee maanden uitzingen als ze geen opdrachten kreeg. Maar zonder werd het lastiger. Ze besloot de boel opnieuw uit te rekenen. Het was geen ramp als ze weer een tijdje in loondienst moest gaan werken om haar financiën aan te vullen, maar ze wil-de dat dan wel weten voor ze helemaal blut was.

Een uur later schrok ze op uit haar berekeningen doordat er op het raam geklopt werd. Ze keek om en zag Frederik staan.

Dat was nummer drie. Cynisch bedacht ze dat de familie haar huis blijkbaar net zo gemakkelijk kon vinden als de keuken in het landhuis.

'Dag Antoinette.'

'Goedemiddag, meneer Richardsen.'

'Eh... mag ik even binnenkomen? Ik moet even een paar dingen met je bespreken.'

Antoinette knikte.

Ze stapte achteruit in haar smalle gang en liet hem naar binnen komen.

'Komt u maar naar de huiskamer. Wilt u misschien koffie?'

Hij schudde zijn hoofd.

'Nee, dank je wel. Ik blijf maar kort.'

Afwezig keek hij om zich heen.

'Valt nog mee van binnen.'

Antoinette fronste.

'Hoe bedoelt u?'

'Van buiten lijkt je huis echt heel klein, maar je hebt het handig ingericht. Binnen lijkt het groter.'

Antoinette vroeg zich af of hij langs gekomen was om een praatje te maken over woninginrichting, of dat er toch iets belangrijkers was, maar ze antwoordde beleefd: 'Dank u, ik ben er zelf ook blij mee.'

Frederik schraapte zijn keel. Hij begon ongemakkelijk.

'Tja, het is allemaal een beetje vreemd gelopen. En eh... wij vroegen ons af hoe het voor jou nu financieel geregeld is. Had mijn moeder je vooruit betaald?'

'De helft, zodat ik levensmiddelen in kon slaan. De andere helft zou ik na afloop factureren.'

'En hoeveel was dat?'

Ze stond op en pakte de factuur, die ze voor haar vertrek naar Frankrijk al klaar gemaakt had, uit de ordner die nog op tafel lag.

'Ik moet nog een nieuwe maken, want het waren vier dagen minder.'

Hij bekeek de factuur zorgvuldig.

'Dat is een heel redelijk bedrag. Op die vier dagen heb je gewoon recht. Ik zal dat straks direct overmaken.'

Een zware last viel van haar schouders. Het had er vrij somber voor haar uitgezien. In januari kon ze niet veel opdrachten verwachten. Met dit bedrag had ze weer wat meer speling.

Toch bleef ze zakelijk.

'Dank u wel.'

'Dat was mijn eerste vraag. Nu de tweede. Mijn moeder heeft een beschikking achtergelaten waarin staat dat ze wil dat haar testament geopend wordt in het landhuis, waarbij iedereen die er vorige week was wordt geacht weer aanwezig te zijn. Jij dus ook. Daarnaast wil ze dat jij de zorg voor de maaltijden weer op je neemt. Dat hoeft niet gratis, sterker nog, in de brief staat uitdrukkelijk dat je een normaal tarief moet rekenen.'

Antoinette keek hem verbaasd aan.

'Bedoelt u dat ze vooraf wist dat ze zou sterven?'

Frederik schudde zijn hoofd.

'Nee, maar ze wist wel dat het niet lang meer kon duren. Ze was bij de dokter geweest omdat ze zich moe voelde. Die constateerde dat haar hart niet best was. Eigenlijk moest ze bedrust houden en mocht ze zich absoluut niet inspannen. Maar dat was niets voor haar. Ze heeft bij de notaris verschillende versies van wilsbeschikkingen laten maken, voor verschillende gelegenheden. Er was er ook één voor als ze tijdens een vergadering in zou storten en er lag er al één klaar voor het verjaardagsfeest dat ze voor zichzelf aan het plannen was. Dat is typisch mijn moeder, altijd alles onder controle willen hebben...'

Voor het eerst zag Antoinette iets dat op verdriet om Emily's dood leek. Het maakte Frederik een stuk menselijker.

Vriendelijk zei ze: 'Dat is geen slechte eigenschap. Uw moeder was een bijzondere vrouw, met een heel sterke eigen wil.'

Hij knikte.

'Jij kon het wel met haar vinden, niet waar?'

Dit begon wel weer heel erg te lijken op gesprekken die ze in het landhuis al gevoerd had. Daar zat ze nu echt niet op te wachten. Maar Antoinette antwoordde neutraal: 'Ik had geen problemen met haar.'

'Ze sprak graag met je. Heeft ze tegen jou wel eens iets gezegd over Jacob?'

'U bedoelt waarom ze hem ingehuurd had?'

'Ja, ik vond dat zo raar. Wij hebben niets voor haar te verbergen.'

'Ze zei dat ze zich zorgen maakte over twee huwelijken. En ze zei iets over geld. Maar ik ben daar niet verder op ingegaan, dat zijn mijn zaken niet.'

'Je hebt je er anders wel mee bemoeid toen ze eindelijk haar aandelen wilde overdragen. Vond je dat wel jouw zaken?'

Antoinette keek hem rustig aan.

'Ze vroeg mij erbij en zei dat ze die beslissing genomen had omdat ze de laatste dagen gemerkt had dat ze het allemaal niet meer aankon. Ik had juist een paar uur eerder ontdekt dat er iets mis was met die thee, dus ik vond dat ze dat op zijn minst moest weten.'

Hij zuchtte.

'Ja, dat is ook zo. Maar het was prettig geweest als het allemaal eerst geregeld was. Nu moeten we maar afwachten wat ze in dat testament gezet heeft. Heb jij enig vermoeden wie die thee vergiftigd heeft?'

Ze schudde haar hoofd.

'Iedereen kon erbij. En iedereen in de familie weet dat zij die speciale thee dronk.'

'Maar jij was bijna altijd in de keuken. Heb je echt niets gezien?'

'Nee. Maar het kan zelfs zijn dat de dader een tweede blikje had en ze verwisseld heeft. Dat kost een paar seconden. Als ik druk aan het koken ben, zie ik echt niet alles.'

'Het is vervelend dat het onderzoek afgesloten is. Mij zit het niet lekker dat iemand in de familie zoiets zou doen.'

Antoinette moest hem daar gelijk in geven, maar ze knikte alleen maar, in de hoop dat hij een ander gespreksonderwerp zou kiezen. Hij ging verder: 'Ik twijfel eigenlijk zelfs of haar dood wel helemaal natuurlijk was. Die Franse arts zei van wel, maar haar eigen dokter gaf toe dat die slaapmiddelen in combinatie met haar hart dodelijk konden zijn, zeker als ze onder grote spanning stond.'

Dus toch moord? Antoinette aarzelde. Wat moest ze hier nu over zeggen? Ze had zelf de mededeling dat het een natuurlijke dood geweest was ook onbevredigend gevonden, maar er was nu eenmaal geen wettelijke reden om aan moord te denken.

Frederik leek ineens te beseffen tegen wie hij het had.

'Het testament wordt zaterdag over zes weken geopend. Kun jij zorgen dat je er vrijdagmiddag bent en het eten voorbereiden? De meesten van ons komen vrijdagavond aan. We vertrekken dan zondagochtend na het ontbijt weer. Dan kost het tenminste maar één vrije dag. Een hoop gedoe voor een testament, maar zo wilde moeder het nu eenmaal.'

Antoinette knikte.

'Dat lukt wel.'

Hij stond op.

'Dat is dan geregeld. Heb je nog een voorschot nodig?'

Antoinette dwong zichzelf ook weer zakelijk te worden.

'Ik factureer standaard de helft vooraf. Waar kan ik de rekening naar toesturen?'

Hij haalde een visitekaartje en een pen uit zijn binnenzak. Vlug krabbelde hij iets op de achterkant.

'Dit is mijn privéadres. Stuur het daar maar naar toe, dan zorg ik dat het betaald wordt.'

Antoinette nam het kaartje aan en knikte.

'Dan ga ik nu. Tot over zes weken dan.'

Ze liet Frederik netjes uit en sloot de deur achter hem.

Het vreemde familieverhaal was dus nog niet teneinde. Vreemd. Ze was niet eens uitgenodigd voor de begrafenis, had geen rouwkaart ontvangen, maar moest er wel bij zijn als het testament geopend werd. Ze vroeg zich af waarom. Het drong tot haar door dat ze Ronald dan ook weer zou zien. Mevrouw Richardsen had immers geëist dat álle aanwezigen weer present zouden zijn.

Nou ja, ze had zes weken om zich daarop voor te bereiden. Het was wel prettig dat ze deze keer vooruit wist dat hij er zou zijn.

Ze keek peinzend naar haar rekenwerk dat nog op tafel lag. Zakelijk gezien zag het er gelukkig allemaal wat rooskleuriger uit nu. En verder zou het ook allemaal wel goed komen.

Weer werd er op het raam geklopt. Vincent.

Aarzelend deed ze de deur open.

'Gelukkig nieuwjaar, kleintje.'

Hij kuste haar op de wang en keek haar vrolijk aan.

'Kijk niet zo verbaasd. Je kent me toch wel goed genoeg om te weten dat ik het leven niet zo serieus neem? Vandaag is een nieuwe dag, gisteren is alweer vergeten. Pak je jas, ik neem je mee uit.'

Toen ze niet direct reageerde, pakte hij haar jas en hield hem uitnodigend omhoog.

'Kom op, we gaan leuke dingen doen. Ik heb iets te vieren.'

Verbaasd liet ze zich in haar jas helpen.

'Wat dan?'

'Ik kwam Ronald tegen en die was in een zeer slecht humeur. Ik durf zomaar aan te nemen dat er iets gebeurd is tussen jullie twee.'

'En dat vind jij iets om te vieren?'

'Niet dat jullie ruzie gemaakt hebben, maar wel dat ik nu een beetje meer kans maak. Of zie ik dat verkeerd?'

Ze schoot in de lach.

'Misschien niet. Wat ben jij vasthoudend, zeg!'

'Ja, net een pitbull! Durf je wel met me mee?'

Antoinette grinnikte en sloot haar huisdeur af. Ze besloot maar gewoon te ontspannen en te genieten van Vincents gezelschap. Saai was hij in ieder geval niet.

In de weken die volgden, ging ze regelmatig met Vincent uit. Hij was vrolijk en ontspannen en verzon allerlei gekke uitjes. Serieuze gesprekken hadden ze ook. Ze vertelde hem tot in detail over haar jeugd, haar huwelijk met Ronald en de manier waarop dat was misgelopen. Hij sprak nooit een oordeel uit, maar ze zag nu steeds duidelijker het verschil tussen haar stugge ex-man en de altijd goed gemutste, zij het ietwat oppervlakkige, Vincent. Ook hij voldeed niet aan het ideaalbeeld dat ze ooit van Ronald had gehad, maar ze begon wel steeds meer naar zijn onverwachte bezoekjes uit te kijken.

Ze begon zich af te vragen of ze zonder haar onverwerkte gevoelens voor Ronald niet heel erg verliefd op Vincent geweest zou zijn. Maar ze wilde daar liever niet over na denken. De hernieuwde kennismaking met Ronald had te veel losgemaakt. Ze vond het ook niet eerlijk tegenover Vincent om met hem een relatie te beginnen, terwijl ze nog iets voelde voor Ronald. Het was verschrikkelijk verwarrend.

De avond voor haar vertrek naar Frankrijk kuste Vincent haar. Antoinette beantwoordde zijn zoen, maar toen hij meer wilde, hield ze hem tegen.

'Nu nog niet, Vincent. Ik vind het fijn om met je uit te gaan, maar ik ben nog niet helemaal klaar met... met mijn verleden.'

'Met Ronald bedoel je?'

'Niet boos worden, alsjeblieft. Het is gewoon te snel. Ik heb hem niet meer gezien sinds dat laatste gesprek, maar dit weekend is het onvermijdelijk. Ik denk dat ik er wel klaar voor ben, maar ik wil dit eerst afsluiten voor ik iets met jou begin.'

Vincent zuchtte.

'Wat ben je toch altijd serieus. Neem het toch allemaal eens wat minder zwaar, kleintje. Maar goed, ik kan wel wachten. Mag ik je wel nog een keer zoenen?'

Ze glimlachte.

'Zo nu en dan vind ik het wel prettig.'

'En is het op dit moment nu of dan?'

Als antwoord drukte ze haar lippen op de zijne.

HOOFDSTUK 12

Omdat ze 's middags al aanwezig moest zijn, had Antoinette de reis naar Zuid-Frankrijk deze keer in twee etappes afgelegd. Ze had overnacht in een hotel langs de snelweg en kwam na een paar uur rijden uitgerust bij het landhuis aan.

Ze parkeerde haar auto dicht bij de keukendeur en stapte uit. De keukendeur zat niet op slot, dus ze begon direct met het uitladen van haar spullen. Dat was een stuk minder dan de vorige keer. Ze zette net de laatste pan op het aanrecht, toen Ronald de keuken binnenkwam.

'Ik dacht al dat ik iets hoorde.'

Antoinette glimlachte.

'Ja, dat was ik. Alweer.'

Hij keek haar aandachtig aan.

'Je ziet er goed uit. Ontspannen.'

'Dank je.'

'Is alles goed? Loopt je bedrijf een beetje?'

'Het begint te komen. Vorige week moest ik de catering doen voor een vrij uitgebreide verjaardag en volgende week heb ik een bruiloft.'

'Fijn om te horen. En ik begreep dat Frederik de financiën voor dit weekend met je geregeld heeft?'

'Ja.'

Een beetje ongemakkelijk keek ze hem aan. Ze wist eigenlijk niet wat ze nu voelde. Niet meer die onrust, die misselijkmakende spanning. Maar er was nog wel iets.

Ze wendde haar blik af en deed alsof ze de keuken bekeek. Ondertussen probeerde ze zich te ontspannen. Het was logisch dat ze niet helemaal onverschillig tegenover hem stond. Tenslotte kon ze het verleden niet uitwissen, alleen verwerken.

'Ik moet aan het werk. Het is hier te stoffig om hygiënisch te koken.'

'De rest van het huis is schoongemaakt door een vrouw uit het dorp. Blijkbaar heeft ze het hier in de keuken niet al te nauw genomen.'

'Komt mevrouw Dijksma ook?'

'Dat was wel de bedoeling, maar ze heeft afgebeld. Ze heeft griep. Heb je hulp nodig met de keuken?'

'Welnee, dit is zo gebeurd. Maar ik moet nu eenmaal professioneel blijven. Als ik eerst al die decoratieve rommel maar weer weggehaald heb, ben ik al bijna klaar.

'Je had alles wel netjes terug gezet, zag ik toen ik binnenkwam.'

'Dat had ik Jacob beloofd. Niet dat die zich er echt druk om maakt, nu hij niet meer undercover is, maar ik vond het toch wel belangrijk. Voor een eventuele verkoop staat het ook wel mooi. Het is alleen een ramp om tussen al die mandjes en rommeltjes te moeten werken.'

'Ik zal je niet langer ophouden.'

Ze zuchtte, wat klonk dat vormelijk. Maar ze vermande zichzelf. Dat was toch geen probleem?

Straks kwam Vincent, die was een stuk gezelliger.

Bij de deur bleef Ronald staan en alsof hij haar gedachten kon lezen vroeg hij: 'Waar is Vincent?'

Ze fronste.

'Geen idee. Hij zal wel onderweg zijn.'

'Zijn jullie niet samen gekomen?'

'Samen? Waarom?'

'Je hoeft je niet van de domme te houden, hoor. Vincent heeft me verteld dat jullie al een aantal weken een serieuze relatie hebben.'

'Dat we... wat? Dat is wel een beetje optimistisch. We zijn regelmatig samen uit geweest, maar verder is er niets. Nog niet, in ieder geval.'

'Je bent aan mij geen uitleg verschuldigd, hoor. Die tijd is voorbij.'

'Het was geen uitleg, ik verbaas me er alleen over dat Vincent zoiets rondvertelt.'

'Nou, bereid je maar vast voor, want de hele familie weet het.'

Ze fronste.

'Sinds wanneer?'

'Sinds de begrafenis.'

'Zo, mooi is dat.'

Ronald keek haar aan.

'Ben je kwaad?'

'Ja, best wel. Maar misschien maak ik alweer van een mug een olifant. Daar ben ik immers goed in...'

Ze wilde zich omdraaien, maar bedacht zich. Dan dacht hij dat ze weer huilde. Al vroeg ze zich wel af waarom het belangrijk was dat hij zag dat ze dat niet deed. Hè, wat verwarrend allemaal!

Ze keek hem recht aan en haalde haar schouders op.

'Nou ja, het zal allemaal wel. Ik ben hier omdat Emily het zo wilde en ik ben van plan gewoon mijn werk te doen. Wat Vincent allemaal in zijn hoofd haalt is mijn verantwoording niet.'

Ronald knikte. Ze zag een vleugje waardering in zijn ogen. Of verbeeldde ze zich dat maar?

'Heb je nog hulp nodig bij het sjouwen?'

'Nee, alles is binnen. Alleen mijn weekendtas ligt nog in mijn auto, maar die pak ik vanavond wel. Ik ga nu eerst die ham maar weer weghangen.'

Hij grijnsde.

'Kun je die niet laten hangen voor een weekendje?'

Ze haalde haar schouders op.

'Ik vind het een vies geval. Decoratief, maar niet hygiënisch. Dus dan hang ik hem toch maar liever weg. Ik denk niet dat ik hier controle krijg, maar het is geen reclame voor mijn bedrijf, zo'n ding in mijn werkruimte.'

Hij pakte de zware ham van de haak.

'Waar moet hij heen? Vuilnisbak?'

'Als het aan mij lag wel, maar voorlopig is die haak achter in de provisiekast wel goed.'

Zelf pakte ze de salami en hing die ernaast.

'Dank je. Dat ding is zwaar.'

Ronald keek haar aan.

'Er is dus niets tussen Vincent en jou?'

'We zijn regelmatig uit geweest, we hebben veel gepraat en eergisteren heeft hij me gezoend. Maar meer is er niet, al zou hij dat wel willen.'

'En wordt het nog meer?'

Hij boog zich naar haar toe en zijn lippen beroerden heel zacht de hare. Ze deed een stap achteruit.

'Ik weet het niet. Ik mag hem graag, hij is een beetje oppervlakkig, maar wel vrolijk. Heel anders dan jij.'

'Meer zoals je hoopte dat ik zou zijn?'

Ze schudde haar hoofd en antwoordde eerlijk: 'Nee, ook niet. Vincent is overigens wel degene die me wakker geschud heeft. Hij wist pijnlijk precies te vertellen waar mijn probleem met jou lag. De afgelopen weken heb ik wel geleerd dat die idealen waaraan ik wilde dat jij voldeed, alleen in boeken bestaan. Echte mensen maken fouten en zijn niet perfect. Je kunt niet van iemand houden als je zijn minder leuke eigenschappen niet erkent en accepteert.'

'Dat heeft Vincent goed gedaan dan. En van hem kun je dus wel houden, ondanks dat hij oppervlakkiger is dan je zou willen?'

Ze aarzelde.

'Ik weet het echt niet. Ik wil er nu ook niet over nadenken. Eerst wil ik gewoon mijn werk doen.'

Hij zuchtte.

'Je hebt gelijk. Ik zal je niet meer lastigvallen.'

'Lastigvallen is een groot woord. Maar deze familie en alle dingen er omheen zijn al ingewikkeld genoeg. Kom anders volgende week een keertje langs, dan kunnen we rustig praten.'

Hij glimlachte.

'Daar hou ik je aan.'

Hij kuste haar vaderlijk op haar voorhoofd en liep toen de keuken uit. Antoinette bleef achter met een storm van tegenstrijdige gevoelens. Ze schudde haar hoofd alsof dat de gedachten kon verdrijven. Begon ze nu weer? Hoe je het ook wendt of keert, we passen gewoon niet bij elkaar! Het zal altijd mis blijven gaan.

Vincent zei dat ook steeds als ze weer iets vertelde over haar vroegere leven. Maar hij was natuurlijk niet helemaal onpartijdig. Oh, bah, nu ging ze weer in kringetjes ronddraaien. Ophouden, An!

Energiek begon ze de keuken te soppen. Hard werken, dat hielp altijd.

Toen de eerste familieleden binnen kwamen druppelen was de keuken brandschoon en stonden in de huiskamer koffie, thee en chocolade klaar. Antoinette had ook een schaal met sandwiches neergezet en ze was bezig de laatste hand te leggen aan het buffet voor het avondeten.

Ze keek op toen Lisanne in de keuken verscheen. Die ging direct in de aanval.

'Mijn neef heeft wel vaker vriendinnetjes die niet bij hem passen, dat duurt niet lang. Als ik jou was zou ik me maar niet te veel deel van de familie gaan voelen.'

'Ik ben hier omdat mevrouw Richardsen dat in haar wilsbeschikking vroeg. Als kokkin.'

'Je was al steeds bij haar aan het slijmen en nu ze dood is, heb je je pijlen op mijn neef gericht. Denk maar niet dat ik toesta dat je ook maar één cent krijgt.'

'Dat hoeft ook niet, mijn rekening is al betaald. Dat is het enige wat ik vraag.'

'Toch een geldwolf dus.'

'Nee, gewoon een startende ondernemer.'

Antoinette stond met haar rug naar Lisanne toe en werkte stug door. Ze hoorde de deur dichtslaan en zuchtte opgelucht. Ze schrok echter ontzettend toen er een hand op haar schouder gelegd werd.

'Ha, kleintje.'

Ze keek op.

'Vincent.'

'Heb je me gemist?'

Hij trok haar naar zich toe en probeerde haar te zoenen, maar ze duwde hem weg.

'Niet doen.'

'Waarom niet? Ik dacht dat we hadden uitgemaakt dat zoenen wel mocht?'

'Ik ben aan het werk. En waarom heb jij iedereen wijsgemaakt dat wij een serieuze relatie hebben?'

'Hebben we dat niet dan? We hebben toch een serieuze vriendschap?'

Hij keek haar pruilend aan en ze lachte.

'Oké, mug, olifant.'

'Wat?'

'Laat maar. Fijn dat je er bent. Maar ik meende het wel. Ik ben aan het werk.'

'Ik zal je niet langer storen. Maar eerst een zoen.'

'Je familie...'

'Mijn familie kan de boom in. Kom hier, jij.'

Lachend liet ze zich in zijn armen trekken. Maar ze kon zich niet helemaal ontspannen en maakte zich na een korte tijd los uit zijn omhelzing.

'Ik moet werken.'

Hij zuchtte.

'Goed, ik ga al.'

Antoinette dwong zichzelf niet na te denken en gewoon door te werken. Ze concentreerde zich op het koken en sloot zich af voor de geluiden in de rest van het huis. Pas toen het tijd was om de gerechten voor de avondmaaltijd op het buffet te zetten, moest ze de confrontatie met de familie aangaan. Ze groette iedereen die ze zag vriendelijk, maar gaf hen geen kans een gesprek te beginnen. Helaas werkte dat niet bij iedereen, want Jeroen liep haar achterna naar de keuken.

'Jij hebt met mijn grote broer aangepapt.'

Ze negeerde hem, maar hij pakte haar arm en draaide haar naar zich toe.

'Mijn broer weet niets van mijn slippertje destijds. Ik zou dat graag zo houden.'

Antoinette zuchtte.

'Jij denkt echt dat de hele wereld om jou draait, hè? Ik heb er niet eens aan gedacht, de laatste weken.'

'Toch bevalt het me niets. Gelukkig staat Vincent niet bekend om zijn lange relaties, dus ik maak me nog maar geen zorgen. Met die zes weken zit je al aardig op een record.'

Dat was al de tweede die haar daarop wees. Ze werd opstandig.

'Misschien ben ik de ware wel voor hem. Word ik je schoonzus. Zou dat niet een grappige speling van het lot zijn?'

Jeroen keek haar giftig aan.

'Waag het niet er ook maar één woord over te zeggen, tegen Vincent of wie dan ook.'

Antoinette trok kwaad haar arm los.

'Of anders? Man, snap het nou toch eens! Het kan me helemaal niets schelen wie er wel of niet weet van jouw misstapjes in het verleden. Ik heb wel iets beters te doen dan verhalen te vertellen over jouw jeugdzondes. Hoepel op en laat me met rust!'

Tot haar tevredenheid zag ze dat het eindelijk tot hem doordrong. Hij liet haar los en deed een stap achteruit.

'Je begrijpt niet hoeveel er vanaf hangt...'

'Nee, blijkbaar begrijp ik er helemaal niets van. Jij en je moeder maken een groot probleem van iets dat allang vergeten en vergeven had moeten zijn. Je was destijds amper negentien.'

'Wou je zeggen dat het op jouw leven geen enkele invloed meer heeft?'

Ze beet op haar lip. Die was raak.

'Zie je wel?'

'Ja, maar niet omdat ik bang ben dat iemand me nog veroordeelt voor toen.'

Antoinette zweeg even, maar vulde toen eerlijk aan: 'Bij mij is het min of meer traumatisch. Ik heb me zo eenzaam gevoeld, toen ik daar zat en een hele lijst dingen aan mijn strafblad kreeg toegevoegd, waarvan ik niet eens wist dat ze door mijn zogenaamde vrienden gedaan waren. Ik bleef maar hopen dat er iemand was die dat wilde geloven, maar ik kreeg niet eens de kans om me te verdedigen. Iedereen dacht dat ik al die dingen gedaan had en er was helemaal niemand die aan mij vroeg hoe het zat. Het enige wat ze wilden weten waren de namen van de anderen.'

'En die heb je niet gegeven.'

'Nee.'

'Dat was dapper.'

'Niet echt. Ik was gewoon kwaad. Ik weet nog dat ik dacht: als jullie niet naar me willen luisteren, zeg ik verder helemaal niets.'

'En wat doet dat dan nu met je?'

Jeroen leek werkelijk belangstelling te hebben, dus ze antwoordde oprecht: 'Ik verloor de liefde van mijn leven doordat ik van hem onvoorwaardelijk vertrouwen eiste. Zodra hij een klein beetje twijfel liet blijken, kwam al die eenzaamheid weer boven. Dan werd ik kwaad en emotioneel, en daar kon hij niet tegen.'

'Juist. Ronald?'

Antoinette zuchtte.

'Er blijft hier weinig geheim, hè? Ja, dat was Ronald.'

Ze draaide zich naar het aanrecht.

'En nu moet ik heel snel weer aan het werk. Nogmaals: van mij zal niemand iets horen.'

Hij glimlachte.

'Dank je. Sorry. Ik geloof dat er bij mij en ma ook wel iets van een trauma zit. Daar moet ik eens hard over na gaan denken. Jij bent op dat gebied een stuk verder dan ik.'

Ze haalde haar schouders op.

'Pas sinds kort. En helaas te laat.'

Ze fronste toen ze besefte wat ze zei. Was ze dan toch nog niet over Ronald heen? Toch moest ze zichzelf niet wijs gaan maken dat het ooit weer goed kon komen. Ze had Vincent nu, ongecompliceerde, oppervlakkige Vincent, met wie ze onmogelijk ruzie kon maken. Ze waren het wel eens oneens, maar dan stapte hij gewoon vrolijk over op een ander onderwerp. Of hij lachte haar bezwaren weg, zoals daarnet. Misschien ook niet de juiste manier om dingen aan te pakken, maar het leven met hem zou wel een stuk gemakkelijker zijn dan het met Ronald geweest was.

Ze hoorde dat Jeroen de keuken verliet en probeerde zich te concentreren op haar werk. Ze haalde een quiche uit de oven en sneed die in punten. Daarna bracht ze die in de eetkamer, waar de familie het zich blijkbaar goed had laten smaken. De eerste twee quiches waren schoon op en ook de salades moesten worden bijgevuld. Vlug keek ze rond. Iedereen was er nu. Corinne wenkte haar. Antoinette liep naar de oudere vrouw toe.

'Kan ik iets voor u doen?'

'Ik wilde alleen maar zeggen dat ik blij ben dat je er bent. Emily mocht je graag.'

Antoinette glimlachte alleen maar en bedacht dat het dan toch een kleine moeite geweest was om haar bericht te sturen van de begrafenis. Die laatste eer had ze Emily graag willen bewijzen. Van Vincent wist ze dat de familie verdeeld was geweest over de vraag of zij erbij moest zijn en uiteindelijk had besloten haar geen kaart te sturen. Het was dan ook voor de tegenstanders, waaronder natuurlijk Lisanne, maar ook Corinne, een schok geweest toen bekend werd gemaakt dat Emily wilde dat Antoinette erbij zou zijn als het testament geopend werd. Vincent had dat allemaal tot in details verteld, met de nodige slechte maar grappige imitaties van vooral zijn nicht en moeder.

Hij zat nu met Tom te praten, zag ze. Blijkbaar was het een serieus gesprek, ze ving iets op over aandelen. Ja, het zou eens niet over geld gaan in deze familie...

Vanwege het doorlopende karakter van het avondmaal duurde het tot elf uur voor de familie de eetkamer verliet. Enkelen gingen direct naar hun slaapkamers, een aantal anderen verplaatsten hun gesprekken naar de zitkamer. Antoinette had voortdurend gerechten aangevuld en drankjes rondgebracht en ze was knap moe. Maar eerst moest alles weer opgeruimd worden.

Ze liep min of meer op de automatische piloot rond en schrok dan ook ontzettend toen Jacob ineens achter haar stond. Bijna liet ze een antieke vleesschaal uit haar handen vallen.

'Je liet me schrikken.'

Hij grinnikte.

'Dat was duidelijk. Slecht geweten?'

'Gewoon moe.'

'Dat kan ook. Morgenmiddag om twee uur wordt het testament voorgelezen. De notaris arriveert morgenochtend. Hij komt met het vliegtuig, maar echt veel sneller is dat volgens mij niet.'

Ze lachte.

'Die doet er zelfs langer over dan wij met de auto. Op tijd aanwezig zijn, inchecken, vertraging, uitchecken, en dan toch nog twee uur rijden hier naar toe. Bovendien gaan er maar één of twee vluchten per dag, dus je zit vast aan de tijden van de vliegmaatschappij. Vincent zweert erbij, maar ik vind het niets.'

'Kwamen jullie daarom niet samen?'

Ze zuchtte.

'Weet jij dat ook al? Nee, onze relatie is gewoon niet zo dat we dat soort dingen samen doen. Ik moest hier vanmiddag al zijn om dingen voor te bereiden en hij is alleen gegaan. We hebben het er zelfs niet eens over gehad om samen te reizen.'

'Ik dacht dat jullie min of meer verloofd waren?'

'Welnee. Hoe kom je daar bij? We zijn vrienden en gaan regelmatig uit. Misschien wordt het meer, maar dat is het nu nog niet.'

Jacob trok zijn wenkbrauwen op.

'Nou, dan heb ik het zeker verkeerd begrepen.'

'Dat denk ik ook.'

Antoinette duwde de opkomende twijfels over wat Vincent nu eigenlijk tegen zijn familie gezegd had weg en vroeg: 'Is er in Nederland nog onderzoek gedaan naar de doodsoorzaak van mevrouw Richardsen?'

'Waarom vraag je dat?'

'Ik weet het niet, het zit me dwars. Zelfs dat verhaal over dat zwakke hart. Het klopt allemaal een beetje te goed. En we weten nog steeds niet wat er met die thee aan de hand was.'

'Slaapmiddelen.'

'Ja, maar wat was daar het doel van? Haar laten denken dat ze oud en moe werd, zodat ze die aandelen over zou dragen?'

'Daar lijkt het wel op.'

'Ik weet het niet, het is te simpel.'

'Volgens mij lees jij te veel detectiveromans.'

Ze haalde haar schouders op.

'Misschien wel.'

Ze ging zwijgend verder met haar werk en negeerde Jacob verder. Ze vond die laatste opmerking beledigend, zeker omdat hij zelf verschillende malen gevraagd had op te letten en hem te vertellen wat ze hoorde en zag.

HOOFDSTUK 13

De volgende dag om twee uur was de hele familie verzameld in de huiskamer. Antoinette ging rond met koffie en thee, maar Ronald hield haar tegen toen ze weer naar de keuken wilde lopen.

'Iedereen voorzien van koffie of thee? Antoinette, ga jij ook zitten, dan kunnen we beginnen. Zoals de meesten van jullie weten, ben ik executeur testamentair. Dat houdt in dat de afwikkeling van de erfenis door mij geregeld wordt. De notaris is hier om te bevestigen dat wat ik jullie ga laten zien het legitieme testament is.'

De notaris knikte en Ronald vervolgde: 'Eerst het eenvoudige gedeelte. Beide kinderen, Martine en Frederik, krijgen hun legitieme erfdeel. Voor Frederik wordt dit gedeeltelijk uitgekeerd in aandelen in het bedrijf, de helft van wat jullie moeder bezat. De rest en Martines deel wordt uitgekeerd in geld, dat op dit moment belegd is in obligaties. Dit is de helft van de erfenis. De erfenis van meneer Richardsen was volledig uitgekeerd, dus dit is alles waar jullie wettelijk recht op hebben. Mocht iemand het testament willen aanvechten, dan zal de uitkomst hetzelfde zijn.'

Martine stond op en wilde iets zeggen, maar Ronald voorkwam dat.

'Ik lees eerst alle bepalingen voor, daarna mag iedereen zijn zegje doen.'

Hij ging verder met het voorlezen van het testament.

'De rest van de aandelen in het bedrijf worden toegekend aan Jeroen, aangevuld met een legaat van twintigduizend euro. De andere kleinkinderen en Corinne ontvangen een geldbedrag van dezelfde waarde. Mevrouw Dijksma ontvangt hetzelfde bedrag als de kleinkinderen voor haar jarenlange toewijding. Dit huis, en alles wat daar in staat, inclusief meubels, linnengoed, servies, zilver en andere inboedel worden het eigendom van Antoinette, plus een geldbedrag dat de successierechten voor haar zal dekken. Wat er na deze verdeling overblijft gaat naar een goed doel.' Antoinette voelde de kamer draaien. Had ze dat nou goed gehoord? Was een groot deel van de erfenis voor haar? Dat kon toch niet?

Corinne, met een van woede vertrokken gezicht, pakte haar zo hard bij de schouders dat ze een kreet van pijn slaakte.

'Jij, jij... Hoe durf je? Je hebt Emily erin geluisd, met je mooie praatjes en je rare brouwseltjes. Ik wil wedden dat je die thee zelf vergiftigd hebt. En die groc die je haar 's avonds bracht waarschijnlijk ook.'

De oude angst kwam terug. Vals beschuldigd, niemand die aan haar kant stond... Ze keek de kamer rond en zag alleen maar vijandige gezichten. Zelfs Vincent deed geen enkele poging het voor haar op te nemen. Jacob zat in een hoekje. Zijn gezicht stond ondoorgrondelijk. De kamer leek steeds harder te tollen en het voelde alsof de grond onder haar voeten wegzonk. Ze zocht Ronalds gezicht. Die keek haar afwachtend aan. In een flits begreep ze dat hij ondanks alles zijn best deed geen direct oordeel te vellen. En dat hielp haar ook haar houding te bepalen. Ze haalde diep adem en stond op.

'Ik begrijp dat dit vreemd overkomt. Ik zou zelf waarschijnlijk ook zo reageren. Maar ik ben net zo verbaasd als jullie. Notaris Vermeulen, wanneer heeft ze mij in haar testament gezet? Ik kende haar pas sinds half oktober, toen ze begon met het plannen van de feestdagen.'

De notaris knikt waarderend.

'Dat is een goede vraag. Hoewel ze kort na jullie kennismaking al een toelage voor jou had vastgelegd, heeft ze me enkele uren voor haar dood gebeld om die laatste wijziging aan te brengen. Ze zei dat ze je wilde bedanken voor je oplettendheid.'

Hij keek de kring met familieleden rond en voegde eraan toe:

'Antoinettes erfdeel heeft geen enkele invloed op dat van de rest van de familie. Het geld zou anders naar het goede doel gegaan zijn.'

'Dat neemt niet weg dat je haar beïnvloed hebt,' zei Martine.

'Ik heb alleen met haar gepraat. Meer niet. Ik ben zelf net zo verbaasd als jullie.'

Simon fronste.

'Wat bedoelde ze met die oplettendheid?'

'Antoinette was degene die ontdekte dat er slaapmiddelen in de thee zaten. Ze voorkwam dat mevrouw Richardsen in haar verdoofde toestand beslissingen nam die ze anders misschien niet genomen zou hebben.'

'En een paar uur later was ze dood,' concludeerde Renate tactloos.

'Dan heeft ze de beslissing om Antoinette in het testament te zetten ook onder invloed genomen,' zei Frederik bedachtzaam.

'En misschien was ze helemaal niet gestorven als jij je mond gehouden had. Ze zal wel flink overstuur zijn geweest en dat kon haar hart niet aan.'

Renate keek Antoinette beschuldigend aan.

Antoinette zweeg. Ze kon er niets tegenin brengen. Ze keek Vincent aan, maar die vermeed oogcontact. En ze weigerde nog naar Ronald te kijken. Ze wist niet of ze rustig kon blijven als ze alweer het wantrouwen in zijn ogen zou zien. Deze keer zou ze het zelf regelen, niet om vertrouwen vragen. Maar tot haar verbazing voelde ze ineens een hand op haar schouder. Ronald stond achter haar.

'Jullie beschuldigingen zijn belachelijk en smakeloos. Jullie hebben allemaal gekregen wat jullie wilden. Het vermogen van mevrouw Richardsen was veel groter dan jullie dachten. Wat maakt het jullie uit of Antoinette er een deel van krijgt?'

'Het maakt ons uit dat ze dat deel op een oneerlijke manier gekregen heeft!'

Martine deed een stap naar voren.

'Mijn moeder was veel te goed van vertrouwen. Ze had informatie over je in moeten winnen. Iemand met een strafblad als het jouwe in huis halen is gewoon vragen om moeilijkheden.'

'Strafblad?'

Renate keek geschokt.

Antoinette zag dat Jeroen iets wilde zeggen, maar ze was hem voor.

'Ja, ik heb een strafblad. Ik ben toen ik vijftien was veroordeeld voor winkeldiefstal en vernieling. Gedeeltelijk onterecht, maar dat kan ik net zo min bewijzen als ik nu kan bewijzen dat wat jullie beweren niet waar is. Dat ik door mijn ingrijpen die ochtend misschien de dood van mevrouw Richardsen op mijn geweten heb, is iets waar ik zelf mee moet leven. Net zoals degene die slaapmiddelen in de thee gedaan heeft, dat moet doen met de wetenschap dat hij of zij nog veel meer schuld heeft dan ik.'

Antoinette rechtte haar rug en keek de kring rond. De vijandige gezichten deden haar ineens niets meer.

'Ik ga niet met jullie in discussie. Ik weiger de erfenis. Willen jullie dat ik nu wegga uit dit huis of zal ik mijn werk afmaken?'

Frederik schraapte zijn keel.

'Blijf maar.'

Ze slikte de cynische vraag of ze niet bang waren dat ze vergiftigd werden in en knikte.

'Dan ga ik nu verse koffie zetten.'

Ze voelde de ogen van de familieleden in haar rug prikken toen ze wegliep.

De koffie was net doorgelopen en Antoinette was bezig de kannen te vullen. Ze keek heel even op, maar richtte daarna haar blik weer op de koffiepot.

Vincent legde zijn hand op haar schouder.

'Waarom gaf je zo gemakkelijk toe?'

Ze duwde zijn hand weg.

'Ik heb helemaal geen behoefte aan een dergelijke erfenis. En al helemaal niet aan al dat gedoe met de familie dat eraan vast zit. Want die gaan hoogstwaarschijnlijk toch het testament aanvechten. Dat wordt een slepende kwestie en daar wil ik niet bij betrokken zijn. Ik maak mijn werk hier af en daarna wil ik met deze hele rare familie niets meer te maken hebben.'

'Toch wel met mij?'

Hij keek haar oprecht verbaasd aan.

Antoinette besefte dat hij niet eens door had dat ze tijdens die scène van daarnet wel wat meer steun van hem verwacht had. Hij begreep waarschijnlijk niet dat hij haar gekwetst had door zich zwijgend afzijdig te houden.

Hij bevestigde haar conclusie toen hij zei: 'Het is jammer dat je de erfenis weigert. Met mijn deel kan ik mijn schulden afbetalen en ik zou hier best graag willen wonen. Met jou.'

Ze schudde haar hoofd.

'Zover komt het niet. Daar zorgen je moeder en je nicht wel voor.'

'Ben je bang voor hen? Durf je de confrontatie niet aan?'

'Nee, ik wil die erfenis gewoon niet.'

'Je hebt er recht op.'

'Ik heb gewoon mijn plicht gedaan.'

'Dat is niet waar, je deed veel meer. Al die gesprekken, zowel met oma als met de rest, de kerstboom, de vele extra's...'

Antoinette zuchtte.

'Dat was mijn eigen keuze. Ik mocht je oma graag, ondanks haar scherpe kanten, en ik gunde haar een echt familiekerstfeest.'

'Omdat je zelf geen familie hebt?'

'Misschien wel. In ieder geval wil ik daarvoor geen beloning. En zeker geen compleet landhuis. Dat is belachelijk.'

'Waarom? Haar vermogen was zo groot, dat zelfs Ronald met zijn enkele procentje er goed vanaf komt.'

'Dat is een wettelijke beloning en dus iets heel anders. Mijn rekening van het kerstfeest is betaald en Frederik heeft de rekening voor dit weekend zelfs ook al helemaal overgemaakt. Meer vraag ik niet.'

Vincent keek haar hoofdschuddend aan.

'Je bent echt ontzettend koppig, kleintje.'

'Dat zal best.'

Ze pakte de thermoskannen en liep de keuken uit. In de huiskamer werd hard en fel gediscussieerd. Omdat het langzaam stil werd toen zij binnenkwam, besefte ze dat het nog steeds over haar ging. Ze rechtte haar rug en deed alsof ze niets merkte, toen ze vroeg: 'Wil er iemand nog koffie?'

Simon kuchte.

'Eh, ja. Graag.'

Ze schonk zijn kopje vol en keek Corinne, die naast Simon stond, aan.

'Wilt u nog?'

Corinnes lichte ogen waren donker van woede.

'Hoe durf je hier gewoon koffie rond te delen? Intrigante! Denk je soms op deze manier nog meer binnen te halen?'

Antoinette bleef haar kalm aankijken.

'Ik doe gewoon mijn werk, meer niet. Iemand anders nog koffie?'

Corinne leek even nog iets te willen zeggen, maar zweeg toen Antoinette simpelweg verder ging met koffieschenken.

Lisanne was echter minder gauw uit het veld geslagen.

'Corinne heeft gelijk. Wie denk je eigenlijk dat je bent? Je verbeeld je blijkbaar dat je deel uitmaakt van de familie, met je geslijm bij oma.'

'Nogmaals: ik doe gewoon mijn werk.'

'Maakt het deel uit van je werk om avond aan avond met oma te praten over familiezaken?'

'Nee, en het ging meestal meer over mijn zaken dan over de hare.'

'Dat geloof ik niet.'

'Ze heeft me gevraagd wat ik van deze familie vond en wie ik het aardigst vond. En verder hebben we het vooral over mij en Ronald gehad. Blijkbaar intrigeerde het haar nogal dat we getrouwd geweest zijn. En ze vroeg me een keer wat ik zou doen als dit huis van mij was. Ik begrijp nu waarom.'

Ze had snel over het eerste gedeelte heen gepraat, maar de afleidingsmanoeuvre mislukte.

'Wat heb jij haar geantwoord toen ze vroeg wat je van ons vond?'

'Ik heb tactvol beweerd dat er in iedere familie wel wat mis is.'

'En wie vind je het aardigst?'

Het klonk spottend, maar Antoinette keek Lisanne uitdagend aan.

'Vincent.'

'Ja, dat ligt voor de hand. Rijke vrijgezel.'

Antoinette schudde haar hoofd.

'Nee, omdat hij eerlijk en ongecompliceerd is.'

'Dus oma was het eens met jullie relatie?'

'Die is er niet, dus daar wist ze niets van. Bovendien waarschuwde ze me voor zijn schulden.'

Vincent was inmiddels ook de kamer binnengekomen en grinnikte.

'Het kan wel wat tactvoller, Antoinette.'

Ze haalde haar schouders op.

'Ik ben dat gezeur hier meer dan zat. Jullie hebben me allemaal stuk voor stuk vanaf het begin bij zaken betrokken waar ik niets mee te maken heb. Ik ben tactvol en discreet gebleven. Ik heb mevrouw Richardsen nooit verteld wat jullie met mij bespraken, ondanks dat ik zelfs door sommigen van jullie bedreigd ben.'

Ze keek Martine even aan en vervolgde: 'Ik wist niet dat ze me in haar testament opgenomen had en ik heb zeker niet vriendelijk gedaan om een groter erfdeel te krijgen. In mijn naïviteit ben ik gewoon zo vriendelijk mogelijk geweest. Maar dat was blijkbaar dom.'

'Ik geloof er niets van.'

'Dat is dan jammer. Nogmaals, ik ga niet met jullie in discussie en ik wil na dit weekend niets meer met jullie te maken hebben.'

'Ja, dat zou je wel willen.'

'Wat?'

'Dat je er zo gemakkelijk van afkomt.'

Martine deed dreigend een stap naar voren en Lisanne vulde aan: 'Als er ook maar één stukje bewijs te vinden is, zullen we het vinden.'

Antoinette zuchtte en schudde haar hoofd. Kalm zei ze: 'Doe je best. Er valt niets te bewijzen. Ik weiger de erfenis en er was dus geen enkele reden om te doen wat jullie insinueren.'

Ze zette de thermoskannen op tafel en zei: 'Ik ga het diner voorbereiden.'

In de keuken leunde ze vermoeid tegen het aanrecht. Wat een vervelende ontwikkelingen. Er was ook echt niet te praten met die lui. Hoe vaak moest ze nog herhalen dat ze die erfenis niet wilde? Waarschijnlijk waren degenen die het hardst schreeuwden ook degenen die zelf iets te verbergen hadden.

Ze zocht ingrediënten bij elkaar en begon de groenten schoon te maken. De keukendeur ging open en Jacob kwam binnen.

Antoinette keek op en glimlachte cynisch.

'Daar gaan we weer, iedereen komt in de keuken een praatje maken...'

Jacob keek haar misprijzend aan.

'Niet zo bitter, dat is jouw stijl niet.'

'Sorry, maar ik ben het zat. Om eerlijk te zijn kan ik niet veel meer hebben.'

'Ik wilde juist zeggen dat ik het prijzenswaardig vind dat je zo kalm blijft.'

'Dat valt dan ook weer tegen. Ik ben niet van plan me tegenover dat stel te laten gaan, maar ik ben ook maar een mens.'

'Je hebt gelijk. Het is een moeilijke situatie.'

Ze draaide zich om en keek hem vragend aan.

'Je denkt toch niet ook dat ik dit met opzet gedaan heb?'

Hij schudde zijn hoofd.

'Nee, dat denk ik niet. Ik denk dat er iemand anders is, die mevrouw Richardsen heeft beïnvloed wat haar het leven gekost heeft. Ik kwam je vragen of je ook nu je ogen weer goed open wilt houden. Je hebt ons al eerder op een spoor gezet.'

'En door de schok van die ontdekking is Emily gestorven. Het is misschien beter als ik me er niet meer mee bemoei.'

Jacob leek even te aarzelen, maar stapte toen naar voren zodat hij dicht bij haar stond. Hij fluisterde in haar oor: 'Eigenlijk mag je dit niet weten, maar ik ben hier nog steeds om onderzoek te doen. Emily is wel degelijk vermoord.'

Antoinette wilde iets zeggen, maar hij schudde zijn hoofd.

'Meer kan ik niet zeggen, maar hou alsjeblieft je ogen open.'

Hij liet haar achter met een hoofd vol vragen, maar ze dwong zichzelf haar aandacht op haar werk te richten. Terwijl ze geroutineerd verder ging met het voorbereiden van de maaltijd bleef het echter door haar hoofd malen. Wie kon het gedaan hebben? Wie was de schuldige?

Ze liet alle familieleden en de gesprekken die ze met hen gevoerd had de revue passeren, maar ze kon werkelijk geen enkele aanwijzing verzinnen.

Ondertussen werkte ze hard door, maar ze was zo van slag, dat ze één van de glazen karaffen liet vallen toen ze hem met wijn wilde vullen. Antoinette zuchtte geïrriteerd. Dat kreeg je ervan. Ze moest haar hoofd bij haar werk houden.

Vlug ruimde ze de rommel op en haalde twee andere karaffen uit de kast in de eetkamer. Deze waren kleiner dan de andere, maar wel mooier. Antiek kristal. Wat een raar idee dat dit van haar had kunnen zijn… Ze schudde haar hoofd. Niet aan denken. Doe gewoon je werk.

Antoinette opende net de hete oven om het vlees te bedruipen, toen de keukendeur alweer openging. Tot haar verbazing was het Charlotte, die ze na haar eerste bezoek aan de keuken niet meer gesproken had.

Charlotte bleef aarzelend bij de deur staan.

Antoinette was eigenlijk niet van plan haar tegemoet te komen, maar kreeg medelijden. Ze sloot de ovendeur en keek de vrouw vriendelijk aan.

'Is er iets?'

Charlotte knikte.

'Ik wil eigenlijk alleen maar zeggen dat ik je geloof. Je hebt simpelweg keihard gewerkt tijdens die kerstdagen. Van mij mag je het huis hebben. Als iemand het verdient ben jij het wel.'

Antoinette trok verbaasd haar wenkbrauwen op.

Dat was wel een heel afwijkende mening van die van de rest van de familie. Het drong wel tot haar door dat de erfenis voor Jeroen en Charlotte bijzonder positief was uitgevallen. Een snelle berekening vertelde haar dat Jeroen nu toch zo'n dertig procent van de aandelen moest bezitten.

Ze antwoordde voorzichtig: 'Dank je wel, maar ik blijf bij mijn mening. Ik heb het er niet om gedaan, ik heb het nooit verwacht en ik wil het niet hebben.'

Charlotte haalde haar schouders op.

'Ik vind het dom. Het gaat om veel geld. En jij kunt het vast goed gebruiken.'

Antoinette fronste. Waarom dacht iedereen hier dat ze geldgebrek had? Had ze die indruk ooit gewekt?

'Dan zou je ook niet meer van Vincent afhankelijk zijn,' vervolgde Charlotte.

Antoinette keek haar verbaasd aan.

'Hoe bedoel je dat?'

'Oh, je hoeft je niet te schamen, hoor. Het kan Vincent ook niet schelen, die heeft het ons zelf verteld.'

'Wat heeft Vincent jullie verteld?'

'Dat het slecht met je bedrijf gaat en dat hij je al een aantal keren geld heeft geleend. Hij vond het niet erg, hij zei letterlijk dat het hem niet uitmaakte dat je waarschijnlijk vooral met hem wilde trouwen voor zijn geld.'

Antoinette kon haar oren niet geloven.

'Zei hij dat?'

'Ja, maar als je die erfenis aanneemt hoeft het niet meer. Tenzij je wel echt van hem houdt, maar dat geloof ik niet. Je kijkt heel anders naar Ronald dan naar Vincent. Maar ja, Ronald is niet erg rijk. Hoewel hij nu natuurlijk ook een leuk bedragje krijgt.'

'Maar Vincent heeft enorme gokschulden.'

'Hoe kom je daar nou bij?'

Antoinette aarzelde. De waarschuwing van Jacob schoot haar te binnen. Terughoudend zei ze: 'Daar had mevrouw Richardsen het een keer over.'

Charlotte lachte: 'Nou, dat had oma dan mooi mis. Vincent heeft alleen gegokt op de aandelenmarkt en daar is hij niet bepaald armer van geworden. Ik denk dat zijn vermogen niet veel lager is dan dat van oma was. Maar dat weet je best, jokkebrok.'

Antoinette besloot er maar niet op in te gaan. Blijkbaar was het niet tot Charlotte doorgedrongen dat zij dat van die gokschulden wel degelijk geloofd had. Sterker nog, Vincent had het haar zelf verteld. Er was iets heel raars aan de hand met die man!

Ze haalde haar schouders op.

'In ieder geval hoef ik die erfenis niet. En nu moet ik snel verder met mijn werk, anders loopt mijn planning in het honderd.'

Charlotte lachte.

'Plichtsgetrouw tot het eind. Ik ga al. Denk nog maar eens na over wat ik gezegd heb!'

Antoinette keek haar na. Wat moest ze hier nu weer mee?

Ze besloot dat ze er voorlopig helemaal niets mee zou doen. Ze had simpelweg geen tijd om te piekeren. De aardappelsoufflé voor het hoofdgerecht vereiste de nodige concentratie, ze moest de roomsoep nog afwerken en het dessert voorbereiden. Bovendien moest de tafel nog gedekt worden. Even vroeg ze zich af waarom Vincent zou beweren dat haar bedrijfje slecht liep. Ze begon juist een beetje naam te maken. Maar ze schoof alle gedachtes aan Vincent en zijn beweringen aan de kant en wierp zich vol overgave op haar werk.

Ondanks de geforceerde sfeer tijdens de maaltijd, werd er goed gegeten. De notaris was de enige die Antoinette een compliment maakte, maar ze had ook niet verwacht dat de familie haar ineens weer gewoon als de kokkin zou zien. Charlotte was blijkbaar bang voor problemen, want die negeerde haar, ondanks haar eerdere blijk van vertrouwen.

Antoinette deed alsof ze niets merkte van de vijandige blikken die Martine en Lisanne haar toewierpen. Het kostte wel veel inspanning, maar ze was vastbesloten zich niet te laten kennen. Ze was echter wel opgelucht toen de maaltijd voorbij was en iedereen zich terugtrok in de huiskamer. Nu kon ze ongestoord de tafel kon gaan afruimen. Tot haar irritatie werd de heerlijke rust verstoord door Tom, die bijna de eetkamer binnensloop. Antoinette onderdrukte een glimlach. Ze vermoedde dat hij niet wilde dat Lisanne zag dat hij met haar praatte.

'Eh, Antoinette?'

'Kan ik u ergens mee helpen?'

'Ja, eh, nee. Ik wilde alleen vragen of je het wel redt.'

'Natuurlijk, dit is mijn werk.' Ze keek hem verbaasd aan.

'Nee, financieel bedoel ik. Zo'n maaltijd als je ons net voorgezet hebt, dat mag toch best wat kosten.'

'Dat klopt, maar dat is al gefactureerd. Sterker nog, meneer Richardsen heeft zelfs het hele factuurbedrag al betaald, in plaats van de helft vooraf, zoals de afspraak was.'

'Oh. Dat is goed. Maar verder? Het lijkt me een onregelmatige bron van inkomsten, zo'n cateringbedrijf.'

'Dat valt wel mee, hoor. Ik heb vrij veel opdrachten en bovendien heb ik niet veel geld nodig in mijn eentje.'

'Ik zou je wel wat extra kunnen... eh... geven. Voor verleende diensten, zeg maar.'

Antoinette fronste. Ze nam aan dat hij dat anders bedoelde dan het klonk.

'Ik neem aan dat u niet meer bedoelt dan mijn normale werk, maar nogmaals, dat is allemaal netjes betaald.'

Tom leek ineens te begrijpen wat hij gezegd had en tot haar vermaak zag ze dat hij bloosde.

'Nee, nee, ik bedoel gewoon je werk. En natuurlijk je oplettendheid met die thee.'

Ze haalde haar schouders op.

'Dat was vrij zinloos, eigenlijk. Ze leeft immers niet meer. Het zou prettiger zijn geweest als ik daarmee haar leven gered had.'

'Ja, dat is zo.'

Hij zweeg en leek in gedachten verzonken te zijn, tot hij ineens opkeek en vroeg: 'Zou iemand van ons tot moord in staat zijn?'

Antoinette schudde geruststellend haar hoofd.

'U heeft gehoord wat Jacob en Ronald zeiden: ze was al ongeneeslijk ziek en die thee was niet dodelijk.'

'Ja, maar er zat wel iets in die thee. En je zou toch zeggen dat die enorme erfenis genoeg reden is om...'

Aarzelend vroeg ze: 'Heeft u reden om te denken dat iemand van de familie ongeduldig was?'

Tom aarzelde.

'Ik weet het niet. Ik weet eigenlijk niet eens waarom ik dit met jou bespreek. Mijn vrouw mag je niet, maar op mij kom je toch wel betrouwbaar over. En Vincent is nog nooit zo serieus geweest over een vrouw. Dat zegt toch ook wel wat.'

Antoinette negeerde de zoveelste suggestie over haar en Vincent en vroeg voorzichtig verder: 'Uw vrouw heeft wel eens iets gezegd over Vincents duistere levenswandel. Maar u verdenkt hem dus niet?'

Tom schudde zijn hoofd.

'Welnee. Ik moet toegeven dat ik wel eens aan hem twijfelde, maar we zijn elkaar de afgelopen weken veel nader gekomen. Hij heeft zijn gebruikelijke geheimzinnigheid een beetje laten varen en we weten nu dat hij volkomen legaal en zeer succesvol speculeert met aandelen en onroerend goed. Maar dat weet je natuurlijk.'

Antoinette wilde dat ze daarop positief kon antwoorden, maar Vincent had aan haar herhaaldelijk bekentenissen afgelegd over zijn wankele financiële toestand en zijn schulden. Ze had zelfs een aantal keren zelf betaald voor etentjes en uitjes, als zijn creditcard weer eens afgewezen werd. Wat was de waarheid? Ze moest hem er vroeg of laat mee confronteren, want het werd allemaal steeds ingewikkelder.

Tom praatte half in gedachten verder.

'Ik heb meer mijn twijfels over Corinne. Die verscheen ineens uit het niets. Ik wist niet eens dat grootma een zusje had. En ineens loopt die vrouw de deur bij haar plat. Net weduwe geworden, woont in een piepklein huurflatje in een twijfelachtige buurt. Ik ga me dan toch afvragen of daar geen goudzoekerij bij is. Maar tot meer dan een beetje profiteren van de rijkdom van haar zus, acht ik Corinne toch niet in staat.

En oom Simon, die neemt het in ieder geval niet zo nauw met huwelijkstrouw. Maar ja, tante Martine is ook niet echt een liefhebbend figuur. Ik kan me wel voorstellen dat hij het ergens anders zoekt. Maar moord? Nee. Die man doet verder geen vlieg kwaad.'

Antoinette herinnerde zich dat Simon problemen had met zijn pensioen. Tenminste, dat had Vincent gezegd. Echt betrouwbare informatie was het dus niet.

Tom legde de geërgerde uitdrukking op haar gezicht verkeerd uit.

'Oh, sorry, ik sta je op te houden.'

Antoinette glimlachte.

'Ik was al bijna klaar met afruimen, hoor. Het geeft niets.'

Ze hoopte eigenlijk dat hij nog verder zou praten, maar hij was nu afgeleid. In de hal klonk Lisannes schelle stem.

Tom leek ineen te krimpen.

'Ik ga maar gauw.'

Hij verdween door de tussendeur naar de huiskamer. Antoinette grinnikte. Bang voor zijn vrouw. Zielig mannetje eigenlijk. Wel vreemd dat hij met dit verhaal bij haar kwam.

HOOFDSTUK 14

Antoinette stapelde de laatste borden op het dienblad en droeg dat voorzichtig naar de keuken. Ze liet bijna het hele blad met al het kostbare servies erop vallen, toen ze in de halfdonkere keuken ineens iemand een hand op haar schouder voelde leggen. Snel zette ze het blad op tafel.

'Last van je geweten, kleintje?'

Antoinette keek om.

'Vincent! Je liet me schrikken. Waarom zat je daar zo in het donker?'

'Ik wachtte op jou.'

Dat verklaarde niet waarom hij het licht niet had aangedaan, maar ze besloot er maar niet over door te zeuren. Er was iets belangrijkers te bespreken. Ze probeerde haar gedachten op een rijtje te zetten terwijl ze zwijgend de vaatwasser inruimde en enkele kwetsbare stukken en pannen met de hand afwaste. Vincent was ook niet erg spraakzaam, concludeerde ze. Die zat op de keukentafel en staarde diep in gedachten naar buiten.

Ze zette de laatste pan op de plank en haalde eens diep adem.

'Vincent, wat heb jij je familie over ons verteld?'

Hij keek haar verbaasd aan.

'Verteld? Niet veel. Hoezo?'

'Niet veel? Hoe kan het dan dat verschillende mensen denken dat wij zo goed als verloofd zijn?'

Hij keek betrapt, maar niet schuldig.

'Oh dat? Ja, het zou kunnen dat ik dat een paar keer heb laten vallen.'

'En hoe zit het met het verhaal dat ik financieel aan de grond zit en vooral met jou ga vanwege je geld?'

Hij grijnsde.

'Is dat niet zo? Ik ben nu een rijke erfgenaam.'

Ze schudde haar hoofd.

'Je doet alsof dit grappig is, maar ik vind het niet leuk. Mij heb je verteld dat je schulden hebt en min of meer platzak bent. Je zei vanmiddag nog dat je met de erfenis je schulden af gaat betalen. Maar van je familie hoorde ik dat je bijna nog rijker bent dan je oma was. Dan is het toch vreemd dat ik als jouw zogenaamde bankroete verloofde een aantal keren de rekening in een restaurant heb moeten betalen omdat jouw creditcard geweigerd werd.'

Hij zuchtte.

'Wat doe je moeilijk, kleintje.'

'Doe ik moeilijk? Het is toch vrij simpel: je hebt mij al die tijd voorgelogen, of je liegt tegen je familie. Het kan niet allebei waar zijn.'

'Het is allebei niet helemaal waar, maar ook niet helemaal gelogen. Hoe vind je die?'

Ze zuchtte teleurgesteld.

'Die mogelijkheid bestaat ook nog, ja. Ga je me nog vertellen hoe het allemaal echt zit?'

Hij aarzelde net iets te lang.

Antoinette rechtte haar rug en zei kwaad: 'Nee, dus. Je bent overduidelijk een nieuw verhaal aan het verzinnen. Weet je wat? Je doet maar. Alleen dan zonder mij. Wat je je familie over mij wijsgemaakt hebt kan me ook niet schelen, want na morgen wil ik geen van jullie ooit meer zien.'

Ze draaide zich om en liep de keuken uit, waar ze tegen Frederik op botste.

'Oh, Antoinette, jou zocht ik. Weet jij of er maagtabletten in huis zijn? Renate heeft zo'n verschrikkelijke pijn in haar buik.'

Antoinette knikte.

'Er is een medicijnkastje in de wasruimte. Maar ik weet niet of het verstandig is om zomaar iets te slikken. Wanneer is het begonnen?'

'Daarnet, na het eten.'

Antoinette duwde een ongerust gevoel weg en liep voor Frederik uit naar het medicijnkastje. Ze gaf hem de gebruikelijke huismedicijnen tegen maagzuur, maar ze betwijfelde of dat zou helpen. Het ongeruste gevoel werd erger toen ook Martine de keuken binnenkwam.

'Antoinette, heb jij hier ergens maagtabletten liggen?'

Antoinette knikte.

'Frederik heeft ze daarnet meegenomen. Heeft u ook last van maagpijn?'

'Nee, maar Corinne ligt bijna te huilen van de pijn.'

Antoinette kreeg een angstig voorgevoel maar dwong zichzelf kalm te vragen:

'En verder? Ik denk dat we beter even kunnen gaan rondvragen wie er nog meer last heeft. Twee patiënten op dertien mensen is al vrij veel.'

Martine keek haar vragend aan.

'Wat bedoel je?'

'Ik vind het heel vervelend om het ook maar te suggereren, maar het zou voedselvergiftiging kunnen zijn.'

Martine trok haar wenkbrauwen op.

'Daar had ik zelf nog niet aan gedacht. Heb je reden om te denken dat er iets mis was met het eten?'

'Nee, natuurlijk niet, anders zou ik het weggegooid hebben. En ik heb me verder aan alle hygiëneregels gehouden. Maar ik kan natuurlijk niet aan de buitenkant van het vlees zien of er iets mis mee is.'

De oudere vrouw keek haar nadenkend aan.

'Ik vind het wel netjes van je dat je er zelf mee komt. Zoiets is niet best voor je reputatie, ook als het jouw schuld niet is. En het ging al niet best, begreep ik van Vincent.'

'Vincent is een leugenaar. Mijn bedrijf loopt prima, al staat het nog maar in de kinderschoenen. En op tijd herkennen of uitsluiten dat er iets mis is met het eten, is simpelweg mijn plicht.'

Martine snoof minachtend.

'Daar denken sommige andere koks anders over. Maar dat doet nu niet ter zake.'

Antoinette proefde een onverwacht stukje waardering uit die woorden, maar maakte zich te veel zorgen over de toestand in huis om er verder over na te denken.

'Ik ga eerst maar eens kijken hoeveel mensen er ziek zijn. Heeft u ook last?'

'Een beetje wel, ja. Ik dacht eigenlijk dat ik gewoon te veel gegeten had, maar nu begin ik te twijfelen.'

Antoinette fronste. Dit was helemaal niet goed. Ze dwong zichzelf kalm te blijven.

'Ik ga de schade opnemen. Als er heel veel mensen ziek zijn, ga ik de arts uit het dorp bellen.'

Ze liep snel naar de huiskamer. Daar vond ze Corinne snikkend van de pijn op de bank.

Lisanne zat bij haar en keek Antoinette verwijtend aan.

'Wat heb je nu weer gedaan? We hebben allemaal buikpijn. Je hebt ons vergiftigd!'

Antoinette negeerde de beschuldiging en keek de kamer rond. Ze miste Frederik en Renate, maar ze wist dat Renate in ieder geval ook pijn in haar buik had. Jacob en Ronald waren nog steeds niet terug. Vincent was er niet. Charlotte was er al net zo slecht aan toe als Corinne en de mannen zagen ook spierwit. Gelukkig waren de kinderen er niet bij deze keer, bedacht ze, want voor hen zou het wel eens fataal kunnen zijn. Wat dit ook was.

Rustig zei ze: 'Ik ga de arts in het dorp bellen. Kunt u ondertussen allemaal noteren wat u precies gegeten heeft? Wel of geen soep, de aardappelsoufflé of de gebakken aardappels, welke van de drie soorten groente, hoeveel plakken vlees en wel of geen toetje?'

Tom vroeg nadenkend: 'Waarom wil je dat zo precies weten?'

'Ik moet weten met welk deel van de maaltijd er iets mis was. Zelf heb ik overal een heel klein beetje van op en ik heb nergens last van. Het ligt dus óf aan de hoeveelheden óf toch aan iets anders.'

Frederik kwam de kamer binnen.

'Oh, ben je hier, Antoinette? Renate wordt steeds zieker. En ik heb ook last van mijn maag.'

Antoinette knikte.

'Iedereen is ziek. Ik ga de dokter bellen.'

Ze pakte de telefoon in de huiskamer en draaide het nummer van de arts, dat op een sticker op het apparaat stond. Gelukkig sprak ze goed Frans. Ze legde uit dat iedereen ziek was geworden na het eten en de arts beloofde direct langs te komen. Antoinette bracht dat over aan de rest van de familie en liep daarna vlug naar de kamer waar Vincent logeerde, maar die was leeg. Ook in de bibliotheek en de eetkamer was hij niet. Ze zuchtte. Waar was hij? Kwaad weggelopen na dat laatste gesprek in de keuken, waarschijnlijk. Maar waar naar toe? Ze hoopte maar dat hij niet te ver weg was gelopen. Stel je voor dat hij ergens in het bos in elkaar zakte...

En Ronald en Jacob? Ze liep de kamer weer binnen en vroeg: 'Weet iemand het mobiele nummer van Ronald of Jacob?'

Simon pakte zijn mobiel en begon in het adresboek te zoeken.

'Ik heb hier het nummer van Ronald.'

Hij overhandigde haar zijn gsm en ze drukte op 'bellen'. Een Franse vrouwenstem meldde dat het apparaat dat ze probeerde te bereiken niet aan stond. Ze gaf het mobieltje aan Simon terug 'Zijn mobiel staat uit.'

Simon pakte zijn mobiel aan.

'Weet jij trouwens waar Vincent is?'

Ze schudde haar hoofd.

'Ik heb hem een kwartiertje geleden voor het laatst gesproken, maar nu kan ik hem niet meer vinden.'

De bel ging. Antoinette opende de voordeur en liet de Franse huisarts binnen. Kort lichtte ze hem in.

'Maar het is wel vreemd dat ik nergens last van heb,' besloot ze haar verhaal.

De arts knikte.

'Misschien is er toch iets dat jij niet gegeten hebt en de rest wel?'
Ze schudde langzaam haar hoofd.
'Nee, ik heb echt overal een klein beetje van genomen.'
Ze pakte de lijst aan die Lisanne had samengesteld en bekeek hem zorgvuldig. Ze fronste.
'Dit is vreemd. Het kan niet aan het vlees gelegen hebben, want daar heeft Renate niets van op. En ook niet aan de soep, want die heeft Corinne weer niet gegeten. En zo kan ik wel doorgaan.'
'Kruisbesmetting?'
'Ik houd me aan alle regels als ik kook, dus dat zou niet mogelijk moeten zijn.'
'Aparte snijplanken, schone messen?'
'Natuurlijk.'
'En de wijn?'
Ze keek hem verbaasd aan.
'De wijn? Daar had ik nog niet aan gedacht. Daar heb ik niets van op, want ik was aan het werk.'
Een vlugge rondvraag leerde dat alle zieken wijn gedronken hadden.
De arts onderzocht ondertussen Corinne en Renate, die er het ergst aan toe waren.
'Het is geen normale voedselvergiftiging. Ze moeten allemaal naar het ziekenhuis in de stad. Ik ga een paar ambulances bellen. Kunt u ondertussen kijken of er nog wijn over is? Die wil ik dan graag onderzoeken.'
Antoinette knikte en liep naar de keuken. De wijn zat niet in flessen, maar in een tienliter doos, met een vacuüm gezogen zak erin. Die was geleverd door een wijnboer in de buurt van het

landhuis. Er was nog een behoorlijke hoeveelheid over. De kristallen glazen en de karaffen waarin ze de wijn geserveerd had, waren al afgewassen. Ze had nog geen tijd gehad om ze in de kast in de eetkamer te zetten. Eigenlijk vroeg ze zich af of het nog wel zin had, maar ze pakte ze toch en zette ze bij elkaar in een kartonnen doos die ze nog in de provisiekast had staan. Ze telde de glazen. Vreemd, dat waren er maar tien. Er waren dertien mensen aan tafel geweest. Dat wist ze zeker, want ze had zich bij het dekken nog even afgevraagd of ze bang moest zijn voor het oude bijgeloof. Ze dacht even na en realiseerde zich toen dat de notaris, Ronald en Jacob water gedronken hadden. De notaris omdat hij nog een vliegreis moest maken en de andere twee mannen omdat ze nog moesten rijden om de notaris naar het vliegveld te brengen.

Dat was wel een opluchting, ze was al bang geweest dat die drie ergens op een eenzame weg gestrand zouden zijn met ondraaglijke buikpijn. Maar nu leek het erop dat zij geen last zouden hebben.

Vincent was nog steeds niet komen opdagen. Ze besloot te proberen of hij zijn gsm aan had staan en belde zijn mobiele nummer. Het toestel ging wel over, maar er werd niet opgenomen.

Antoinette bracht de overgebleven wijn en het glaswerk naar de huisarts, die de politie gewaarschuwd had.

Inmiddels werd de pijn ook bij degenen die later ziek geworden waren steeds erger. Gelukkig kwamen de ambulances vrij snel. Terwijl de hele familie op brancards gelegd werd, arriveerde ook de politie. Antoinette vertelde het hele verhaal opnieuw. Ze deed haar best zo gedetailleerd en duidelijk mogelijk te vertellen en liet het lijstje zien.

'Maar we denken dat het aan de wijn ligt. Het restant en de gebruikte karaffen en glazen liggen daar. Die had ik helaas wel afgewassen.'

De rechercheur van politie, Dupont, glimlachte geruststellend.

'Dat geeft niet. Meestal blijft er wel iets achter. En ik zou graag de keuken willen zien.'

Antoinette ging hem voor. Ze begreep dat er nog steeds rekening gehouden werd met voedselvergiftiging door haar eigen onvoorzichtigheid, al wist ze zeker dat ze zich aan de regels gehouden had.

'Het blijft een keuken in een normale woning, die waar ik thuis in werk is helemaal aangepast. Maar ik heb wel mijn eigen spullen bij me.'

Ze liet de voorgeschreven gekleurde snijplanken zien, de hygiënisch opgeborgen messenset en de koelkast die ze voor gebruik goed ontsmet had.

'Ik moet je toch vragen alle gebruikte voedingsmiddelen in te pakken. En waar bewaar je de rest van de etenswaren?'

Antoinette liet hem de provisiekast zien.

Dupont wees naar de ham en de salami.

'Heb je daarvan geserveerd?'

Ze schudde haar hoofd.

'Die dingen hingen voor de sier midden in de keuken. Ik heb ze direct weggehangen toen ik hier aankwam. En ze hangen ver achterin, ik heb alleen het voorste gedeelte van de kast gebruikt.'

De rechercheur keek de keuken rond.

'Het ziet er goed uit, ik denk niet dat jou iets te verwijten valt. Ben jij degene die destijds ontdekte dat die thee vergiftigd was?'

Antoinette knikte.

'Dat was erg oplettend. Jammer dat de oude dame uiteindelijk alsnog overleden is.'

'Ja, dat is heel vervelend.'

'Is dat de reden dat de hele familie hier weer is?'

'Ja. Ze had laten vastleggen dat wij allemaal hier moesten zijn voor de opening van het testament.'

Ze vertelde dat er nog vier mensen aan het diner gezeten hadden.

'Drie van hen hebben geen wijn op, dus ik vermoed dat ze geen last hebben. Jacob en Ronald zijn nu waarschijnlijk op de terugweg vanaf het vliegveld, maar ik krijg Ronalds mobiele nummer niet te pakken. Dat van Jacob weet ik niet. Vincent heeft volgens mij wel wijn op, maar ik kan hem niet vinden.'

'Is het zijn gewoonte om zo laat en in het donker nog naar buiten te gaan?'

Antoinette aarzelde.

'Niet dat ik weet, maar we hadden een meningsverschil. Hij was in de keuken toen ik afgeruimd had en ik ben kwaad weggelopen. Daarna heb ik hem niet meer gezien.'

'Mag ik vragen waar jullie ruzie over hadden?'

Ze haalde haar schouders op.

'Ik denk niet dat het iets met deze zaak te maken heeft, maar ik confronteerde hem met de leugens die hij mij en zijn familie verteld heeft.'

'Hoe reageerde hij daarop?'

'Hij vond het wel grappig. Ik werd boos en vroeg hem mij de waarheid te vertellen. Hij aarzelde te lang, dus ik nam aan dat hij weer nieuwe leugens aan het verzinnen was. Toen ben ik de keuken uitgegaan. Daar kwam ik eerst Frederik tegen, die vertelde dat Renate zo'n buikpijn had. Ik heb hem maagtabletten gegeven uit het medicijnkastje in de wasruimte. Daarna kwam Martine naar me toe om te zeggen dat Corinne zo'n buikpijn had. Toen ik erachter kwam dat er iets heel erg mis was, heb ik in Vincents kamer gekeken en in de bibliotheek en de eetkamer, maar ik zag hem nergens. Zijn mobiel gaat wel over, maar hij neemt niet op.'

De rechercheur leek zich nogal vast te bijten in het probleem Vincent. Hij keek haar oplettend aan en vroeg: 'Wat voor leugens vertelde Vincent?'

'Hij vertelde mij dat hij gokschulden had en in geldnood zat. We zijn een paar keer samen uit geweest en toen werd zijn creditcard geweigerd, dus ik geloofde hem. Zijn familie heeft hij echter verteld dat hij in aandelen en onroerend goed handelt en dat het heel goed gaat. Zij denken dat hij heel erg rijk is. Bovendien heeft hij rondverteld dat het met mij slecht gaat en dat ik met hem omga voor het geld. Ze denken hier dat wij min of meer verloofd zijn, maar meer dan een vriendschap was het nog niet. Tenminste, dat dacht ik. Ik wist wel dat hij iets voor mij voelde, maar ik ken hem als een vrij oppervlakkig iemand, dus ik nam aan dat het niet diep zat.'

'Hoe zit het met de erfenis? Zitten daar nog vreemde haken en ogen aan?'

Antoinette zuchtte.

'Ja, nogal. Mevrouw Richardsen heeft voor haar zoon en dochter het wettelijk erfdeel bepaald. De kleinkinderen krijgen allemaal een behoorlijk bedrag, haar zusje en mevrouw Dijksma krijgen hetzelfde als de kleinkinderen. De rest gaat naar een goed doel.'

'Dat is toch niet zo vreemd?'

'Nee, maar ik sta ook in het testament. Ik zou dit huis erven, de hele inboedel en genoeg geld om de successierechten te betalen.'

'Dat is niet mis.'

'Nee, maar ik heb het geweigerd.'

'Waarom? Het klinkt volkomen legaal.'

'Er werd mij verweten dat ik het erop aangelegd had. Mevrouw Richardsen vond het prettig 's avonds met mij te praten. Bovendien schijnt ze de toelage die ze al eerder voor mij had vastgezet veranderd te hebben in deze enorme erfenis na dat gedoe met die thee. Een paar uur voor haar dood dus.'

'Is dat wel rechtsgeldig?'

'Dat vraag ik me dus ook steeds af. Maar de notaris was erbij, dus ik neem aan dat het wel klopt.'

'En toch heb je geweigerd?'

'Mevrouw Richardsen is overleden door de schok die ze kreeg toen ze te horen kreeg dat iemand haar probeerde te verdoven met die thee. Als ik niet had ingegrepen, zou ze nog geleefd hebben. Dat vind ik moeilijk te verwerken. En dat maakt het aannemen van die erfenis onmogelijk.'

'Mevrouw is overleden doordat ze een kalmeringspil geslikt had waar cyanide in zat.'

Rechercheur Dupont zei het bijna achteloos, maar Antoinette besefte dat hij haar reactie scherp in de gaten hield. Ze knikte kalm.

'Zoiets zei Jacob vanmiddag ook al. Maar waarom weet de familie dat niet?'

Dupont trok verbaasd zijn wenkbrauwen op, maar antwoordde: 'Daar zal wel een reden voor zijn. We hebben nu eerst andere problemen op te lossen.'

Antoinette knikte en zweeg er verder over, maar haar hersenen werkten op volle toeren. Er was hier iets heel raars aan de hand. Blijkbaar loog iedereen tegen iedereen. En zij zat er middenin...
'Wie heeft de wijn geregeld?'
Antoinette schrok op uit haar gedachten en besefte dat ze wel degelijk als verdachte beschouwd werd. Maar gek genoeg had ze er deze keer geen traumatische reactie op. Ze was juist ongewoon kalm en helder.
'Ik heb het besteld en opgehaald bij een wijnboer in het dorp.'
'En wie kan erbij gekomen zijn?'
Ze dacht even na.
'Als er gif in zit, moet dat via de karaffen of de glazen gebeurd zijn. Het lijkt mij niet mogelijk om iets aan die vacuümzakken toe te voegen, zonder ze lek te steken. En dat zou ik dan weer gemerkt moeten hebben toen ik de karaffen vulde. De karaffen zijn van antiek glas en staan, als ze niet in gebruik zijn, in de vitrinekast in de eetkamer. Ik heb ze trouwens wel goed gespoeld voor gebruik.'
'Heb je de wijn zelf ingeschonken?'
'Nee, ik heb de karaffen gevuld en op tafel gezet.'
'Zaten alle gasten toen al?'
'Ik heb ze eerst neergezet en toen ben ik gaan melden dat ze aan tafel konden.'
'Waar was iedereen toen je ze ging roepen?'
'In de huiskamer, maar ik weet niet zeker of ze er echt allemaal waren.'
'Dus er kan iemand iets aan die wijn toegevoegd hebben terwijl jij in de huiskamer was?'

'Dan moet die persoon daar wel echt op hebben staan wachten. Ik heb de wijn neergezet en ben via de tussendeur naar de huiskamer gegaan. Frederik en Renate stonden als eerste op en verder heb ik er niet op gewacht. Ik ben door de gang teruggegaan naar de keuken. Daar ben ik ongeveer vijf minuten bezig geweest met het afwerken van de soep. Toen ik die binnenbracht, zat iedereen aan tafel.'

Dupont knikte.

'Je hebt een goed geheugen voor details. Weet je echt niet meer of iedereen in de huiskamer was?'

Antoinette dacht even na en probeerde het beeld van dat moment naar voren te halen. Ze had een bijna fotografisch geheugen, maar er was zoveel gebeurd die dag, dat het lastig was zich precies dat ene moment te herinneren.

'Ik was nogal gehaast en een beetje gespannen. De sfeer was niet best door dat gedoe met die erfenis en de verwijten die ze me maakten. Ik weet daarom zeker dat Ronald er zat, want die stond aan mijn kant en je zoekt dan automatisch naar een vriendelijk gezicht. De notaris was er ook. Lisanne en Tom zaten naast hem. Martine wilde blijven zitten, denk ik, maar Frederik trok haar min of meer uit haar stoel. Corinne stond bij het raam en draaide me de rug toe.'

Ze fronste.

'Wie mis ik nu nog? Jeroen en Charlotte... Even denken. Charlotte is voor het eten bij me in de keuken geweest. Ja, zij was er, want het viel me op dat ze langs me heen keek, alsof ze bang was dat ik zou laten merken dat ze met me gepraat had. Jeroen was er ook, die keek me juist wel aan. Vincent was er niet, of ik heb hem niet gezien. En ik kan me ook niet herinneren waar Jacob zat.'

Dupont maakte een paar aantekeningen.

'Zowel Jacob als Vincent hadden dus gelegenheid om iets in de wijn te doen.'

'Ja, dat denk ik wel.'

Ze knikte bedachtzaam. Vincent was de meest voor de hand liggende verdachte. Ongelooflijk hoe je je kunt vergissen in iemand. Ze had hem van het begin af aan beschouwd als een onbezorgde, ietwat oppervlakkige jongen. Hoewel ze nog steeds haar gevoelens voor Ronald niet verwerkt had, mocht ze hem heel graag. Maar eerst waren daar al die leugens waarop ze hem betrapt had en nu dit weer. Het feit dat hij ondanks alle onrust in en rond het huis nog niet opgedoken was, sprak ook al niet in zijn voordeel. Dupont stak zijn notitieboekje in zijn zak en zei: 'Ik neem de wijn, de karaffen en de glazen mee en zal ze direct laten onderzoeken. Dat is voor de behandeling van de zieken ook van belang. Ik zou graag willen dat jij hier blijft. Als Jacob en Ronald terugkomen moet er toch iemand zijn die kan uitleggen wat er aan de hand is. Voor de veiligheid zal één van mijn agenten bij je blijven.'

Hij pakte de doos met glaswerk en verliet de keuken. Antoinette leunde tegen de keukentafel en wreef over haar voorhoofd. Ze was doodmoe en voelde een lichte hoofdpijn opkomen. Bovendien bleef het maar malen in haar hoofd. Ze had het gevoel dat ze iets over het hoofd zag. Als Vincent nu de wijn vergiftigd had, dan was hij waarschijnlijk ook degene die Emily cyanide had toegediend. Dat maakte hem tot een koelbloedige moordenaar. Het motief was wel duidelijk. Als zijn ouders zouden sterven, erfde hij weer van hen. Hoe meer familieleden doodgingen, hoe meer hij erfde. En waren de drie jonge kinderen dan nog veilig? Dit was echt heel griezelig. Ze rilde en besefte dat ze nu al een kwartier in haar eentje in de koude keuken zat. Ze besloot naar de huiskamer te gaan. Daar was het warmer.

HOOFDSTUK 15

Het was doodstil in huis. De ambulances en de politieauto waren weg. De beloofde agent was nergens te bekennen, maar ze nam aan dat die ergens verdekt opgesteld stond.

Ze liep de huiskamer binnen en schrok toen ze Jacob en Ronald daar zag zitten.

'Zijn jullie al terug? Ik heb jullie niet gehoord.'

'We zijn er ook nog maar net. Waar is iedereen?'

Antoinette voelde haar benen trillen van de spanning. Ze ging op een stoel dicht bij de openhaard zitten.

'Naar het ziekenhuis in de stad. Ze hebben allemaal vreselijke buikpijn. We denken dat er iets in de wijn zat.'

Ronald keek haar met een vreemde blik aan.

'In de wijn? Je bedoelt dat ze allemaal vergiftigd zijn?'

'Ja. Ik weet niet hoe ernstig, maar het moet wel opzet zijn. Volgens de arts waren de verschijnselen te heftig voor een normale voedselvergiftiging.'

Ronald leek niet geschrokken, maar vooral geïrriteerd. Jacob leek echter juist wel geschokt. De twee mannen wisselden een snelle blik. Antoinette zag het met verbazing. Waar ging dat over? Ze negeerde het echter en vroeg: 'Hebben jullie Vincent gezien?'

Ronald fronste.

'Nee, hoezo?'

'Ik heb hem vlak na het eten voor het laatst gezien. Ik ben de keuken uitgelopen en toen ik terugkwam was hij weg. Ik heb naar hem gezocht toen de eerste paar mensen gingen klagen over buikpijn, maar ik kon hem niet vinden. Ik weet ook niet of hij wijn gedronken heeft.'

'Maar waarom denk je dat het de wijn moet zijn? Er worden zo vaak fouten gemaakt bij het bereiden van voedsel.'

Antoinette trok haar wenkbrauwen op.

'Ik zei al dat de verschijnselen volgens de arts te heftig waren. Bovendien hebben we een lijst gemaakt met wat iedereen precies gegeten had. Er was geen enkel deel van de maaltijd dat ze allemaal gegeten hadden en toch hadden ze allemaal dezelfde verschijnselen.'

'Dan ben je waarschijnlijk onvoorzichtig geweest met je messen, snijplanken en ander kookgereedschap. Kruisbesmetting noemen ze zoiets, toch?'

Antoinette keek Ronald verbijsterd aan. Waarom bleef hij maar doorpraten over voedselvergiftiging? Ze wist zeker dat het dat niet kon zijn. Ze voelde heel even de oude paniek naar boven komen. Hij geloofde haar alweer niet. Maar ze dwong zichzelf kalm te blijven en antwoordde: 'Ja, maar ik heb alles gescheiden gehouden.'

'Je was moe en overstuur door alle gebeurtenissen. Het kan best dat je een foutje gemaakt hebt,' deed Jacob een duit in het zakje. Ronald stond op en ging naast haar op de leuning van de stoel zitten.

Medelijdend zei hij: 'Het zit je ook niet mee, hè? Eerst dat gedoe in je jeugd, daarna de ellende waar ons huwelijk op kapot gelopen is en nu dit weer. Je doet het vast niet expres allemaal, maar het is iedere keer wat. Het luistert ook heel nauw natuurlijk, met voedselbereiding. Jacob heeft gelijk, een foutje is zo gemaakt als je van slag bent.'

Ze aarzelde even, omdat ze niet wist wat ze moest zeggen en heel even was het doodstil in de kamer. Die stilte werd echter doorbroken door voetstappen in de gang en een jolige stem die riep: 'Hallo! Waar is iedereen?'

De dubbele deuren vlogen open en Vincent stond in de opening. Hij keek onbevangen de kamer rond en zei spottend: 'Stoor ik de tortelduifjes? Oh nee, jullie hebben Jacob al als storzender.'

Vincent liep naar het buffet en schonk zichzelf een flink glas whisky in.

'Dan kan ik er nog best bij.'

Tot Antoinettes verbazing ging hij op de andere leuning van haar stoel zitten. Ze vond het een behoorlijke ongemakkelijke situatie. Ze probeerde op te staan, maar Vincent duwde haar terug.

'Blijf maar zitten, kleintje, het past best zo. Vertel eens, waar is de rest?'

Antoinette keek hem aan. In zijn ogen zag ze iets wat ze niet begreep. Een waarschuwing? Ze realiseerde zich dat hij waarschijnlijk heel goed wist waar de rest was, maar ze antwoordde: 'Ze zijn allemaal ziek geworden. Vreselijke buikpijn. Ik heb de arts uit het dorp gebeld en die heeft ze met ambulances naar het ziekenhuis laten brengen.'

'Wat hebben ze? Voedselvergiftiging of een plotseling virusje?'

'Er zat iets in de wijn.'

Ronald schudde meewarig zijn hoofd.

'Je moet de waarheid onder ogen zien, An. Het is echt waarschijnlijker dat je iets doms gedaan hebt tijdens de bereiding van het eten.'

'Waarom hebben jullie dan nergens last van?'

Ze zag dat Jacob en Ronald weer zo'n vreemde blik wisselden.

'Waarom denk je dat we zo laat terug zijn? We moesten onderweg een aantal keer stoppen. Waarschijnlijk hebben wij een betere conditie dan de rest van de familie, daarom valt het bij ons mee.'

Antoinette begon zich af te vragen waarom ze per se de schuld bij haar wilden zoeken. Werkten ze samen met Vincent? Dan zat ze hier niet bepaald veilig. En waar was die agent die haar zou beschermen? Ze hoopte maar dat die nog ergens stond mee te luisteren. Of was Jacob degene die door de politie was ingezet? Hij was natuurlijk alleen maar particulier onderzoeker, maar misschien werkte hij wel met de politie mee. Ze had geen idee of dit soort dingen in het echt net zo werkten als op televisie en in boeken, maar het kon best dat Jacob microfoontjes droeg of zoiets en dat er gewacht werd op een bekentenis, voordat ze Vincent konden arresteren. Ze vroeg zich af of ze Vincent zo ver zou kunnen krijgen dat hij zou toegeven dat hij die wijn vergiftigd had.

Zo rustig mogelijk zei ze: 'En jij dan Vincent? Jij hebt toch ook gegeten? Had jij ook buikpijn?'

Vincents gezicht stond ondoorgrondelijk. Hij leek haar eerst niet gehoord te hebben, maar na een korte stilte antwoordde hij: 'Ik heb een ijzeren maag, ik word nergens ziek van.'

Ze drong aan: 'En de wijn? Heb jij wijn op?'

De druk van Vincents vingers op haar schouder werd steviger. Bijna verontschuldigend zei hij: 'Ik moet het toch met Ronald eens zijn, kleintje. Een gewone voedselvergiftiging ligt veel meer voor de hand. Hoe zou die wijn anders vergiftigd moeten zijn? Die zat in vacuümverpakkingen.'

Antoinette zuchtte.

'Via de karaffen. Ik heb ze neergezet en ben toen gaan melden dat het eten klaar was. Maar ik weet niet zeker of iedereen toen in de huiskamer was. Het kan best dat iemand achter mijn rug naar binnen geglipt is.'

Vincent lachte.

'Volgens mij lees jij te veel ouderwetse detectives. Jammer dat we geen butler hebben die het gedaan kan hebben.'

'Denk jij ook dat het in het eten zat, dan?'

Ze keek hem uitdagend aan. Weer zag ze iets in zijn ogen dat ze niet begreep.

Hij haalde zijn schouders op.

'Het klinkt aannemelijker dan gif. Wie zou zoiets nou doen?'

'Iemand die in geldnood zit en een grotere erfenis nodig heeft?'

Vincent lachte.

'Denk je dat ik het gedaan heb? Wat een gebrek aan vertrouwen, kleintje. Ik dacht dat je me beter kende.'

Ze schudde haar hoofd.

'Ik ken jou helemaal niet.'

Ze draaide haar hoofd om en keek Ronald aan.

'Waar wachten we eigenlijk op? Ik ga naar boven.'

Ronald schudde zijn hoofd.

'Nee, jij blijft nog even. Het is belangrijk dat je beseft wat er gebeurd is. Dit kan het einde betekenen van je bedrijf.'

'Ik heb me aan alle regels gehouden.'

'Je was moe en overstuur.'

'Dit is mijn beroep, Ronald. Ik weet wat ik gedaan heb en ik weet zeker dat ik me aan de regels gehouden heb. Waarom is dat zo moeilijk te geloven voor je?'

'Het alternatief is dat iemand gif in de wijn gedaan heeft. Dat vind ik nog veel lastiger te geloven.'

'Rechercheur Dupont geloofde me wel. Hij heeft de wijn, de karaffen en de glazen meegenomen om te onderzoeken.'

'Helaas heeft de een of andere sufferd die doos laten vallen. En daarna is er nog iemand overheen gereden.'

Het klonk neutraal, maar tot haar verbazing zag Antoinette leedvermaak in Jacobs ogen.

Ronald zei: 'Ze hebben ook de vuilniszakken meegenomen om te onderzoeken. Het zou zo maar kunnen dat er in de restanten van het vlees een paar vervelende bacteriën gevonden worden.'

Ze fronste. Er waren geen restanten geweest. En hoe wisten ze eigenlijk wat Dupont had meegenomen? Dupont was toch al weg toen zij aankwamen? Daarnet deden ze nog alsof ze helemaal geen idee hadden wat er aan de hand was.

Bovendien begon het er steeds meer op te lijken dat Ronald bewust bezig was de schuld op haar te schuiven. Het schoot haar ineens te binnen dat Jacob de andere persoon was die gelegenheid had gehad om iets in de wijn te doen. Ze had hem eigenlijk helemaal niet als verdachte gezien, omdat ze aannam dat hij als particulier onderzoeker wel betrouwbaar zou zijn. Maar waarschijnlijk werkte hij samen met Ronald. Die had ze blindelings vertrouwd vanwege haar onverwerkte gevoelens voor hem. Hij bleek nu echter precies in te spelen op die gevoelens. Hij wist feilloos haar zwakke plek te vinden. Ze vroeg zich alleen af waar Vincent dan stond in dit verhaal. Ze kon geen van deze drie mannen vertrouwen.

Ze vroeg zich af waar Ronald precies op aanstuurde. Een schuld-bekentenis?

Ronald drong aan: 'Dat zou kunnen, niet waar? Er zijn allerlei nare bacteriën die zomaar kunnen opduiken. Een paar kleine foutjes en je hebt een totale uitbraak zoals vanavond. Je kunt tenslotte niet helemaal zeker weten of je je echt aan alle voorzorgsmaatregelen gehouden hebt.'

Ze besloot het spel maar een klein beetje mee te spelen en zuchtte.

'Dat is wel waar. Ik kan het me niet herinneren...'

'Het is natuurlijk verschrikkelijk. Het is hoogstwaarschijnlijk het einde van je bedrijf. En als je pech hebt zelfs het einde van je loopbaan als kok. Alles wat je opgebouwd hebt stort in...'

Jacob stond op.

'Ik zal je een glas wijn inschenken. Dat helpt om tot rust te komen. Dan slaap je straks beter.'

Vincents hand lag nog steeds op haar schouder. De zachte druk verdween en maakte plaats voor een veel hardere aanraking. Zijn duim, die onzichtbaar was voor Ronald en Jacob, drukte pijnlijk in het gewricht. Ze besefte dat hij haar probeerde te waarschuwen. Niet dat ze van plan was die wijn op te drinken. Het verbaasde haar hoe helder ze ineens kon nadenken. Ze begreep Vincents rol in dit verhaal niet, maar wist wel zeker dat ze op moest passen met Ronald en Jacob. Ze keek naar Jacob. Die maakte een nieuwe fles wijn uit het rek bij de haard open, maar ging met zijn rug naar haar toe staan toen hij het inschonk.

Ze schudde haar hoofd.

'Ik drink niet, dat weet je, Ronald.'

'Ach kom, vroeger dronk je wel degelijk. Je putte er troost uit, weet je nog? Alcohol verdooft en dat kun je nu goed gebruiken, net als toen.'

Jacob hield haar een glas voor. Antoinette aarzelde heel even, maar pakte het toen aan. Ze nam echter geen slok en keek quasi verbaasd de mannen aan.

'Hoeven jullie niet?'

Vincent hief zijn glas whisky.

'Ik heb nog. En jullie? Weet je An, geef jouw glas maar aan Ronald, dan maak ik een veel lekkerder slaapmutsje voor je.'

Antoinette, die nog steeds min of meer klem zat tussen de beide mannen, duwde haar glas in Ronalds hand, maar die pakte het niet aan.

'Ik neem straks wel wat, ik heb geen trek in wijn.'

Antoinette zag haar kans schoon en keerde het glas om over zijn lichte broek.

'Neem nou... oh, wat stom!'

Ronald sprong automatisch overeind en voor hij zich hersteld had, was Antoinette ook opgesprongen.

'Ik ga een doekje pakken.'

Ze liep richting de deur, maar Jacob pakte haar arm.

'Nee, dame, jij blijft hier. Ik ben het zat, dit duurt me allemaal veel te lang. Vincent, waarom ga jij niet even weg? Je hebt hier verder niets mee te maken en de erfenis is groot genoeg voor ons drieën.'

Antoinette keek hem verbaasd aan.

'Voor jullie drieën? Delen jullie mee in de erfenis? Via Corinne zeker?'

Ronald grijnsde.

'Je bent snel van begrip.'

'En jullie hebben eerst Emily vermoord en nu de rest van de familie voor de erfenis?'

'Je snapt het.'

'Dus Corinne had geen last van haar maag.'

'Hoe weet je dat?'

'Haar verschijnselen waren anders. Ze was de enige die huilde van de pijn en ze zei dat het steken waren, terwijl de rest klaagde over golvende pijn en misselijkheid. Ik dacht er op dat moment niet over na, maar nu snap ik dat. Het was toneelspel.'

'Slim meisje. Slimmer dan Corinne, want die heeft schromelijk overdreven. Het was de afspraak dat zij ook over buikpijn zou gaan klagen, zodra de symptomen bij anderen opkwamen.'

'En nu probeer je mij zover te krijgen dat ik ga toegeven dat er iets in het eten zat.'

'Precies, triest verhaal, de hele familie overleden aan voedselvergiftiging.'

'En de kokkin voelde zich zo schuldig dat ze zelfmoord pleegde,' vulde Jacob aan.

Antoinette voelde zich koud worden van angst, maar zei kalm: 'Dat heb je mis, ik voel me helemaal niet schuldig. Ik wil wel doen alsof, dat schuldgevoel dan, maar dan zullen jullie me het verlies van mijn bedrijf wel moeten vergoeden.'

Ronald glimlachte.

'Helaas, meisje. Te laat. Je weet te veel en je bent te eerlijk om zoiets vol te houden.'

Ze schudde haar hoofd.

'Te eerlijk? Jij weet als geen ander wat ik allemaal op mijn kerf-stok heb.'

Hij lachte.

'Nu draai je zelf de zaken om, na al die jaren volhouden dat je niets gedaan had. Slim geprobeerd, maar ik weet allang dat je de waarheid sprak. Ik dacht door je verleden een meisje te trouwen dat me kon helpen bij mijn werk, maar ik merkte vrijwel direct al dat ik een heel foute inschatting gemaakt had. Jij bent zo door en door eerlijk dat ik je onmogelijk bij mijn zaken kon betrek-ken. Het heeft me heel wat moeite gekost te zorgen dat je bij me weg wilde.'

Ze keek hem verbijsterd aan.

'Wat bedoel je daarmee?'

Hij haalde zijn schouders op.

'Ach, een beetje manipulatie, doen alsof ik je totaal niet ver-trouwde en ons huwelijk wankelde. Je stond al op het punt je kof-fers te pakken toen mijn vriendje in het magazijn je erin luisde. Dom van hem dat hij het later weer deed, maar dat maakte geen verschil meer. Die scheiding was er zo doorheen en iedereen had medelijden met mij. Dat ik nog net een stukje van de erfenis van je oma mee kon pikken was puur geluk.'

Antoinette had het gevoel dat alles om haar heen bewoog. Al-les waar ze jarenlang mee geworsteld had bleek te berusten op enorme leugens. Ze voelde haar benen zwak worden en alleen de sterke greep van Jacob hield haar overeind. Hij kneep zo hard dat ze zich weer bewust werd van de situatie waarin ze zich be-vond. Ze had helemaal geen tijd om zich met het verleden bezig te houden. Ze moest zich concentreren op het nu. Als ze niet uitkeek was ze straks slachtoffer van een zogenaamde zelfmoord. Ze keek naar Vincent, die zich tot nu toe afzijdig gehouden had. Daar had ze ook niet veel hulp aan. Ze vroeg zich nogmaals af waarom die agent die Dupont zou vragen hier te blijven nergens te bekennen was.

Ronald stond haar vol leedvermaak aan te kijken. Hij leek het allemaal wel grappig te vinden. Ze was woedend, maar probeerde dat te verbergen. Hij kon beter denken dat ze bang en verdrietig was.

Daarom vroeg ze: 'Dus alles wat je me de afgelopen tijd verteld hebt, was ook nep? Jij zei steeds dat je me opnieuw wilde leren kennen, dat je hoopte dat er weer iets kon groeien tussen ons.'

'Ik schrok me dood toen ik jou zag hier. We hadden alles keurig gepland, maar niet gerekend op een kokkin die mij kende uit het verleden. Om te voorkomen dat je dingen zou begrijpen waar je niets mee te maken had, ben ik voortdurend bezig geweest in te spelen op jouw zwakke punten. Je denkt toch niet dat Martine en Jeroen je na al die jaren zomaar herkenden? Ik heb daar toch wel een aantal subtiele suggesties voor moeten geven. Het was nog knap lastig, want je stond sterker in je schoenen dan ik verwacht had. Ik heb echt alles uit de kast moeten halen om je enigszins aan het wankelen te krijgen.'

Misselijkmakend duidelijk begreep ze ineens dat Ronald iedereen in dit huis gemanipuleerd had. Ze keek Vincent aan.

'Die leugens over jou en mij?'

Vincent knikte kort.

'Die kwamen van Ronald.'

'En...'

Jacob trok Antoinette terug naar de haard en duwde haar op de bank. Hij trok een pistool uit zijn binnenzak en richtte dat op Vincent.

'Genoeg gekletst. Vincent, ga naast haar zitten. Jullie kunnen kiezen. Je slikt wat ik je voorzet en sterft een redelijk pijnloze dood, of ik schiet een kogel in je hart, zodat je langzaam verdrinkt in je eigen bloed.'

Vincent stond langzaam op.

'Waar is dat aanbod van daarnet gebleven? Delen met z'n drieen?'

'Je reageert niet erg snel. Het aanbod staat nog, maar daar moet je dan wel wat voor doen.'

'Zeg het maar.'

'Dwing je vriendinnetje dit flesje slaappillen te slikken en weg te spoelen met wijn.'

Ronald haalde een potje pillen uit zijn zak en gaf dat aan Vincent.

Vincent draaide langzaam de dop van het potje.

'Jacob heeft gelijk, An. Het is een ongelijke strijd, jij alleen tegen drie mannen. Je kunt maar beter meewerken. Het is een pijnloze dood.'

Antoinette voelde haar hart bonzen in haar keel. Het leek wel of ze in een nachtmerrie beland was.

Vincent boog zich naar haar toe.

'Eerst word je een beetje draaierig en dan zak je langzaam weg. Je merkt er eigenlijk niets van.'

Hij hield één van de pillen bij haar mond, maar ze hield haar lippen stijf op elkaar.

Vincent grinnikte.

'Dat helpt niet, kleintje. Als ik je neus dichtknijp, doe je vanzelf je mond wel open. Werk nou maar gewoon mee.'

Ze schudde haar hoofd en probeerde op te staan, maar werd door Ronald met harde hand teruggeduwd. Ze worstelde zich weer overeind, maar ze wist dat Vincent gelijk had. Ze kon niet tegen drie mannen op. Toch bleef ze het proberen. Ze schopte Vincent op een zeer gevoelige plek en hij klapte zo hard dubbel, dat hij de pillen liet vallen. Terwijl Ronald en Jacob hun best deden om haar armen en benen waarmee ze zo heftig mogelijk trappelde, te pakken te krijgen, zag ze uit haar ooghoeken dat Vincent een ander potje pillen uit zijn binnenzak pakte. De capsules leken op de slaappillen. Hij graaide razendsnel de gevallen pillen bij elkaar en verwisselde ze voor de pillen uit zijn binnenzak. Ronald en Jacob waren te erg afgeleid door Antoinettes pogingen te ontsnappen om het te zien. Natuurlijk verloor ze het van de twee veel sterkere mannen. Ronald had zijn grote handen om haar polsen geklemd en Jacob hield haar bij de enkels vast. Bovendien lag ze ongemakkelijk met haar hoofd schuin tegen de leuning van de bank geklemd, zodat ze zich niet meer kon bewegen. Ze hoopte maar dat ze het goed gezien had en dat de pillen die Vincent nu in zijn hand had ongevaarlijk waren, want ze kon geen kant meer op. Voor de vorm hield ze haar lippen nog op elkaar, maar toen Vincent haar neus dichtkneep, hield ze het niet lang meer vol. Hij duwde acht pillen in haar mond en dwong haar te slikken door alweer haar neus dicht te knijpen. Daarna pakte hij zijn glas whisky en dwong haar dat ook leeg te drinken. Ze besefte dat hij de wijn, waar Jacob mee geknoeid had, probeerde te vermijden. De whisky goot hij ook zoveel mogelijk naast haar mond. De pillen hadden inderdaad geen effect, maar ze deed alsof ze bewusteloos raakte.

Ze voelde de greep van de mannen verslappen en ze hoorde Vincent zeggen: 'Waar zal ik haar neerleggen? Gewoon hier op de bank?'

De vingers in haar hals waren die van Ronald.

'Ik voel nog een hartslag.'

'Het duurt even. Ze zakt nu langzaam in een coma en dan stopt haar hart ermee.'

'Oké, laat haar hier maar liggen dan. Zet die whisky naast haar en leg dat pillenpotje op de grond. Het moet in één oogopslag duidelijk zijn dat ze er een eind aangemaakt heeft met een overdosis slaappillen. Ik stel voor dat wij nu naar het ziekenhuis gaan en bezorgd gaan informeren hoe het met de familieleden is. Aangezien Jacob zoveel troep in die wijn gedaan heeft dat het sneller werkte dan de bedoeling was, zullen ze er niet best aan toe zijn.'

Antoinette hoorde het drietal de kamer uitlopen en de deur dichtslaan. Voorzichtig opende ze haar ogen op een kiertje. Nee, er stond niemand. Ze hoorde ze alle drie in de gang. Blijkbaar waren ze het nog niet helemaal eens. Er klonk ineens een hoop geschreeuw en gerommel. Ze kwam voorzichtig overeind en liep naar de tussendeur. De deur van de eetkamer naar de gang stond op een kier en ze gluurde er voorzichtig doorheen. Jacob lag bewusteloos op de grond, zijn pistool lag naast hem. Ronald had blijkbaar Vincent een flinke duw gegeven, want die lag half overeind tegen de muur. Ronald stond over hem heen gebogen en wilde hem blijkbaar in het gezicht stompen.

Zonder er verder bij na te denken greep ze de pook die bij de haard in de eetkamer lag en rende de gang op. In een fractie van een seconde zag ze dat Ronald zich omdraaide, maar ze haalde al uit en raakte hem voordat hij kon reageren. Hij viel voorover tegen Vincent aan, maar die duwde hem meteen terug en sprong overeind.

Antoinette bleef met de pook in de aanslag staan.

Vincent hief zijn handen op.

'Kalm kleintje, ik doe je niets. Laat me die twee eerst even in de handboeien slaan, dan praten we verder.'

Tot haar verbazing zag Antoinette dat Vincent handboeien uit zijn jaszak haalde. Geroutineerd draaide hij de twee bewusteloze mannen op hun buik en maakte de boeien vast op hun rug. Ook fouilleerde hij hen. Uit Jacobs zak kwam nog een pistool en een stiletto. Ronald was ongewapend.

Antoinette keek zwijgend toe. Ze had nog steeds de zware pook in haar handen, maar ze leunde, ineens dodelijk vermoeid, tegen de muur.

Vincent pakte zijn mobiel, belde iemand en sprak een paar korte Franse zinnen. Antoinette was te moe om moeite te doen hem te verstaan. Daarna liep Vincent naar haar toe en pakte voorzichtig de pook uit haar handen.

'Ik denk dat ik je moet bedanken, kleintje. Dat was onverstandig maar dapper.'

Ze haalde haar schouders op.

'Ik dacht er niet bij na.'

Ze voelde haar benen trillen.

'Wat was dat voor spul dat je me gegeven hebt?'

Hij grinnikte.

'Visoliecapsules. Die had ik in het dorp gekocht toen ik hier aankwam, omdat ze hier veel goedkoper zijn. Gelukkig leken ze erg op de slaapmiddelen. Had je gezien dat ik ze wisselde?'

'Ja. Ik keek opzij omdat ik het vreemd vond dat je zo heftig reageerde op die schop van mij. Zo hard raakte ik je niet.'

'Nou, echt zachtjes was het ook niet, eerlijk gezegd.'

'Oh. Sorry dan.'

'Geeft niet. Je hebt het goed gedaan. Je gaf me de kans om jou uit de gevarenzone te krijgen en je speelde het goed. Ik twijfelde zelfs even of ik je niet toch de verkeerde pillen gegeven had.'

'En nu? Heb je de politie gebeld?'

'Ja, die zijn onderweg.'

'Ik snap trouwens niet waar die agent is die Dupont me beloofd had. Moeten we niet gaan kijken of hij gewond is en ergens ligt dood te gaan?'

'Die agent was ik.'

'Jij?'

'Ik weet dat je reden hebt om aan me te twijfelen, maar dit is de waarheid. Ik werk voor Interpol. Jacob en Ronald zijn oplichters die internationaal al heel wat misdaden op hun naam hebben staan. Het was een gelukkig toeval dat ze nu in mijn eigen familie aan de gang gingen. Al was het minder gelukkig dat ik oma's dood niet heb kunnen voorkomen.'

Eindelijk zag ze echt verdriet op zijn gezicht.

'Ik begrijp het niet. Zij probeerden via Corinne geld van Emily te erven?'

'Ja, Corinne is niet echt de zus van oma. De echte Corinne is al lang geleden overleden. Jacob en Ronald gebruikten deze vrouw om mijn oma te laten geloven dat ze haar verloren familielid teruggevonden had. Ze hebben dat al eerder gedaan bij andere families en dat leverde veel geld op.'

Er klonk rumoer op de gang en Dupont kwam binnen, gevolgd door twee agenten met getrokken wapens.

'Alles onder controle?'

Vincent knikte en wees naar de mannen op de grond.

'Ze beginnen net weer bij bewustzijn te komen.'

Dupont fronste.

'Heb je ze allebei knock-out geslagen? Je bent nog gevaarlijker dan ik dacht.'

Vincent lachte.

'Alleen Jacob, die heb ik neergeslagen met zijn eigen pistool. Maar Ronald is buiten westen doordat Antoinette hem een tik met een pook gaf.'

Dupont keek Antoinette aan.

'Dat heb je goed gedaan.'

Daarna wendde hij zich weer tot Vincent.

'Wat ging er mis? Je zou zorgen dat zij zo snel mogelijk uit de vuurlinie was.'

'Ik kwam te laat binnen. Ze hadden haar al.'

'Jullie zullen allebei een verklaring moeten afleggen op het bureau.'

Vincent sloeg een arm om Antoinette heen.

'Ze staat op instorten. Ik kom morgen met haar langs, maar ze moet nu eerst naar bed.'

Dupont keek naar Antoinettes bleke gezicht en knikte.

'Dat is goed.'

Antoinette liet zich door Vincent naar haar kamer brengen. Ze was zo moe dat ze niet eens protesteerde toen hij haar optilde en op het bed legde. Hij trok haar schoenen uit en legde het deken over haar heen.

Antoinette probeerde iets te zeggen, maar hij schudde zijn hoofd. 'Straks mag je alles vragen en zal ik alles uitleggen. Nu moet je eerst slapen.'

Ze wilde nog tegenstribbelen, maar het lukte niet meer. Ze knikte, draaide zich op haar zij en viel in een diepe, droomloze slaap.

HOOFDSTUK 16

Toen ze uren later wakker werd, was het al negen uur 's ochtends. Ze kwam overeind en zag dat Vincent in de stoel in de hoek van de kamer zat.

'Hallo, kleintje. Goed geslapen?'

'Ja, ik geloof het wel. Heb jij daar de hele nacht gezeten?'

Hij knikte.

'Ik wilde niet dat je alleen zou zijn. Het was heel goed mogelijk dat je nachtmerries kreeg.'

'Dat is lief van je.'

'Ik zal je nu even alleen laten, zodat je kunt douchen en schone kleren aantrekken. Dan ga ik dat ook even doen. Zie ik je dan straks in de keuken? Ik snak naar koffie.'

Ze lachte.

'Wordt voor gezorgd.'

Na een verkwikkende douche zette ze een flinke pot koffie. Ook legde ze snel een paar croissants in de oven. Vincent kwam de keuken binnen met de telefoon in zijn handen.

Hij ging aan de keukentafel zitten en luisterde ingespannen naar de persoon aan de andere kant van de lijn.

'Dat is goed nieuws. Ja, over een uurtje. Tot straks.'

Hij stak de gsm in zijn borstzakje. Antoinette zette een kom koffie voor hem neer.

'Alsjeblieft. Broodjes komen eraan.'

'Lekker, dank je wel.'

Antoinette nam zelf ook een beker koffie en haalde de croissants uit de hete oven. Ze zette jam en boter neer en pakte twee bordjes en messen.

'Meer koffie?'

'Altijd.'

Antoinette schonk hem nog eens bij en ging toen tegenover hem zitten.

'Weet jij al hoe het met de rest van de familie is? Ik schaam me eigenlijk wel dat ik zo vast geslapen heb, terwijl zij er zo slecht aan toe waren.'

'Ze waren in goede handen en ze hebben het allemaal overleefd. Het gif zat wel degelijk in de wijn, er zat nog genoeg restant op de scherven om te bepalen welk gif het was. Jacob had het in de karaffen gedaan, maar waarschijnlijk hadden ze met de verkeerde dosis gerekend.'

Antoinette knikte.

'Dat kan. Tijdens de kerstdagen gebruikte ik steeds twee moderne karaffen van één liter. Maar ik had er eentje laten vallen. Toen heb ik die antieke uit de kast gehaald, maar die zijn maar driekwart liter. Als ze van tevoren de dosis bepaald en afgemeten hadden, was het dus veel te veel.'

'Juist. En daarom waren de verschijnselen veel heftiger en begonnen ze eerder. Ze hadden er waarschijnlijk op gerekend dat zij al weer thuis zouden zijn als het begon. Dan zouden ze er voor gezorgd hebben dat je de dokter niet zou bellen voor het te laat was. Jouw snelle handelen heeft iedereen het leven gered.'

'Gelukkig maar.'

Zwijgend keek Antoinette hem aan.

'Hoe zit het nu eigenlijk verder? Ik begrijp er niets van. Er zijn zoveel rare dingen gebeurd, de afgelopen tijd. Werd die thee toegediend om te zorgen dat Emily niet doorhad dat Corinne haar zus niet was?'

'Voor iemand die er niets van begrijpt, sla je de spijker aardig op de kop. Dat klopt helemaal. Ronald en Corinne waren al weken bezig te zorgen dat ze haar testament zou veranderen ten gunste van Corinne. Oma was echter heel scherp van geest, zeker als het om geld ging. Daarom verhoogden ze de dosis en gingen nog meer druk op haar uitoefenen. Maar toen kwam jij je ermee bemoeien...'

'Wat raar. Ik dacht dat Martine en Frederik haar lastig vielen over die aandelen. Ik heb eigenlijk nooit gedacht dat Corinne er iets mee te maken kon hebben. Tom zei wel zoiets, dat ze zomaar uit de lucht was komen vallen, maar ik dacht dat hij het veel te ver zocht.'

'Na die scène heeft oma zelfstandig en zonder met Ronald te overleggen de notaris gebeld en het testament veranderd ten gunste van jou. Corinne ving echter de helft van het gesprek op en dacht dat ze eindelijk gewonnen hadden. Ze zag haar kans schoon en bracht oma onder het mom van zusterlijke bezorgdheid een kalmeringspil met een dodelijke dosis cyanide erin. Vandaar dat de schok voor haar zo groot was toen jij dit huis bleek te erven en niet zij.'

Antoinette herinnerde zich dat Corinne als eerste was gaan schreeuwen na het voorlezen van het testament.

'Toen moesten ze de rest van de familie vermoorden om toch nog een groot erfdeel te krijgen. Ze wilden het op voedselvergiftiging gooien, waar jij dan de schuld van kreeg.'

Ze zuchtte. Dat was bijna gelukt.

'Maar Corinnes erfdeel was vastgelegd op een bepaald bedrag. Dat zou dan toch zo blijven?'

'Toen jij in de keuken bezig was, heeft Ronald ingespeeld op hun boosheid over jouw erfdeel. Ze hebben ter plekke hun testament laten veranderen en daarin vastgelegd dat het geld binnen de familie moest blijven. De notaris was erbij, Jacob en Ronald waren zogenaamd onafhankelijke getuigen en ze hebben het direct rechtsgeldig gemaakt. Als Corinne de enige overlevende was, zou zij alles erven.'

Antoinette huiverde.

'De kinderen zouden dus de volgende slachtoffers zijn geweest.'

'Ik ben bang van wel.'

'En jij? Wat is jouw rol hierin? Het kan best zijn dat je voor Interpol werkt, maar je hebt bijna net zo veel leugens verteld als Ronald. Ik wil weten hoe het nu echt zit.'

Hij keek haar aan.

'Waarom is dat zo belangrijk voor je? Vertrouw je me nu nóg niet?'

'Jawel. Maar...'

Ze aarzelde.

'Zeg het maar.'

'Ronald heeft me gebruikt. Altijd al. Dat heb je gehoord, hij gaf het zelf toe. Jacob gebruikte me ook. Hij deed alsof hij mijn hulp vroeg, maar ik begrijp nu dat ze er op die manier achter probeerden te komen hoe veel ik wist. Hij waarschuwde me zelfs voor Ronald, maar dat zal ook wel bedoeld zijn om uit te vinden of ik Ronald vertrouwde of niet. Jacob heeft voortdurend tegen me gelogen. Als ik niet had ingegrepen toen Emily die aandelen wilde overdragen, had niemand ooit gehoord over die thee. Hij zei dat hij het ging laten onderzoeken, maar dat betwijfel ik nu.'

'Klopt. Dupont weet er alleen van, omdat ik het hem verteld heb, maar Jacob had alle bewijzen vernietigd.'

'Maar later heeft Ronald het weer gebruikt om haar dood te verklaren. En daarmee schoof hij de schuld ook al op mij. Ze hebben me allebei gebruikt.'

'En je denkt dat ik je ook gebruikt heb?'

'Ja. Er zijn zoveel dingen die niet kloppen.'

'Vraag maar. Ik zal mijn best doen alles uit te leggen.'

Ze dacht even na. Er was zoveel, dat ze niet goed wist waar ze moest beginnen.

'Waar kwam dat verhaal over onze zogenaamde verloving vandaan?'

'Van Ronald.'

'Maar jij hebt het niet tegengesproken.'

'Nee.'

'Je hebt er zelfs op doorgeborduurd door te beweren dat ik je om je geld wilde trouwen.'

'Dat klopt. Het was een samenloop van omstandigheden. Ik moest alle opties open houden en ben gewoon ingegaan op Ronalds suggesties.'

'Maar mij heb je heel andere dingen verteld.'

'Toen ik je net leerde kennen, speelde ik de rol van de zorgeloze vrijbuiter. Dat sloeg wel aan bij jou, dus heb ik het zo gelaten. Toen ik eenmaal door had dat je helemaal niet met Ronald samenwerkte, kon ik er niet veel meer aan veranderen.'

Ze trok verbaasd haar wenkbrauwen op.

'Dacht je dat ik met hen samenwerkte?'

'Ja, ik dacht in het begin dat jullie dat hele verhaal over jullie mislukte huwelijk als afleidingsmanoeuvre gebruikten.'

'Dus je deed zo vriendelijk tegen me om me in de gaten te houden?'

'Eerst wel. Later niet meer.'

'Wanneer was later?'

'Toen je mijn kerstcadeau weigerde. Dat was echt oprecht. Ik vond de manier waarop je probeerde me te helpen met mijn zogenaamde schulden zo lief. En de afgelopen weken waren ook meer dan een beroepsmatige interesse.'

Antoinette schudde haar hoofd.

'Ik geloof het niet meer. Je zult me wel uitgelachen hebben. Wat is daarvan waar, trouwens? Die schulden waar je mij over verteld hebt of de rijkdommen waar je familie het overhad?'

'Geen van beiden. Ik heb een leuk salaris, geen schulden, maar ik ben zeker niet rijk. Wat dat betreft had ik mezelf in een lastige positie gebracht, met mijn zogenaamde schulden. Het werkte ook al niet mee dat mijn creditcards twee keer geweigerd werden waar jij bij was. Dat had niets met geldproblemen te maken, maar met slordigheid van mij. De eerste keer had ik per ongeluk een pas meegenomen die ik gebruikt had bij een undercoveroperatie. Die rekening was allang weer opgezegd. En de tweede keer was ik simpelweg vergeten mijn rekening te betalen. Maar dat droeg allemaal wel bij aan het verhaal dat ik eigenlijk had moeten terugtrekken. Tegenover mijn familie moest ik juist af van het imago van de klaploper. Ik kon onmogelijk iedereen in de gaten houden als ze me niet vertrouwden. Ik heb dus na de begrafenis een dramatische bekentenis afgelegd en dat geloofde iedereen. Het spijt me echt dat ik zo tegen je gelogen heb.'

Antoinette zuchtte.

'Als ik het goed begrijp is liegen onderdeel van je dagelijks werk.'

'Ja, daar heb je wel gelijk in.'

Antoinette zuchtte. Hij klonk overtuigend, maar Ronald had ook zo vaak overtuigend geklonken. Ze was niet van plan zich nog een keer zo te laten gebruiken. Aan de andere kant wist ze intuïtief dat dit de echte Vincent was. De Vincent waar ze lange gesprekken mee gevoerd had, de Vincent waarvoor ze meer was gaan voelen dan de vriendschap waartoe ze zich zo krampachtig beperkt had. Ze stond op.

'Nog meer koffie?'

'Nog eentje. Dan moeten we maar eens naar het politiebureau gaan. Daarna gaan we naar het ziekenhuis. Mijn moeder wil je graag spreken.'

'Martine? Waarom?'

'Ze wil haar excuses aanbieden voor alles wat je door onze familie hebt meegemaakt. En ik heb zo'n vermoeden dat ze je gaat vragen of je toch jouw erfdeel wilt aannemen.'

'Denk je dat?'

Hij knikte.

'Ik weet het eigenlijk wel zeker, want ik heb het haar aangeraden toen ik haar daarnet aan de telefoon had. Ik denk dat je dat liever hebt dan liefdadigheid. Zo noemde je dat toch?'

Antoinette lachte.

'Ja, dat klopt.'

'Ik dacht dat het voor jou een prettigere beloning zou zijn als je toch, met volledige instemming van de familie, dit huis het jouwe mocht noemen. Je zou er een restaurant kunnen beginnen, of een hotel, of er gewoon in je eentje iedere dag een andere kamer bewonen.'

Ze grinnikte.

'Vooral dat laatste lijkt me wel wat.'

'Er is een politieschool hier in de stad. Dupont heeft me gevraagd of ik iets voel voor een aanstelling als leraar. Ik denk dat ik het ga aannemen.'

'Leraar? Meen je dat? Dat is een heel ander leven.'

Hij haalde zijn schouders op.

'Wat ik doe is misschien wel avontuurlijk, maar ik doe dit al bijna zestien jaar. Ik was vrij jong toen ik mijn eerste opdracht kreeg. Ik had officieel nog geen enkel diploma, maar ik was het type dat ze zochten voor een grote undercover operatie. Het was een mooie tijd, maar ik ben het zat. Ik word ouder, wil me ergens vestigen, en met de vrouw van mijn leven een gezin beginnen.'

'De vrouw van je leven?'

De pijn in haar hart vertelde haar duidelijker dan ze het tot nu toe had beseft hoeveel ze ondanks al haar twijfels voor hem voelde. Maar hij had dus een ander.

Hij keek haar aan en ze had het gevoel dat hij haar volkomen doorzag. Ze beet op haar lip en sloeg haar ogen neer.

Ze hoorde zijn zachte lach.

'An, kleintje, kijk me eens aan.'

Ze keek op.

Hij boog zich naar haar toe.

'Ja, met de vrouw van mijn leven. Ik weet alleen niet wat ze voor mij voelt. Ze heeft net een groot huis in Frankrijk geërfd, maar ik weet niet of ze daar met mij wil wonen...'

'Je bedoelt...'

'Ja, suffie. Ik bedoel jou.'

'Suffie? Is dat een nieuw soort koosnaam?'

Hij lachte nu voluit.

'Liefje, schat, kleintje, mag ik alsjeblieft af en toe in jouw landhuis op bezoek komen?'

Ze grinnikte.

'Nou nee.'

'Nee?'

'Nee, suffie. Hoe wou je een gezin beginnen als je af en toe op bezoek komt? Van mij mag je wel in een van die kamers die ik over heb.'

Hij stond op en trok haar omhoog.

'En als ik je netjes ten huwelijk vraag?'

Ze sloeg haar armen om zijn nek. Alle twijfels verdwenen en ze antwoordde lachend: 'Dan mag je in alle kamers.'